MATTHIAS WITTEKINDT

DIE ROTE JAWA

EIN ALTER FALL VON
KRIMINALDIREKTOR
A. D. MANZ

ROMAN

K
A
M
P
A

Wenn Sie zweimal jährlich über unsere Neuerscheinungen informiert werden möchten, schreiben Sie uns bitte an:
newsletter@kampaverlag.ch oder
Kampa Verlag, Hegibachstr. 2, 8032 Zürich, Schweiz

DIE GRÜNE SEITE DER KAMPA RED EYES
Gedruckt auf säurefreiem und chlorfrei gebleichtem Papier zur Unterstützung verantwortungsvoller Waldnutzung, zertifiziert durch das Forest Stewardship Council.

Veröffentlicht als Kampa Red Eye

Covergestaltung: Lara Flues, Kampa Verlag
Coverabbildung: © Emmanuel Polanco, © Kampa Verlag
Satz: Tristan Walkhoefer, Leipzig
Gesetzt aus der Stempel Garamond LT / 220130
Druck und Bindung: CPI books GmbH, Leck
Auch als E-Book erhältlich
ISBN 978 3 311 12564 8

www.kampaverlag.ch

Blautanne oder serbische Fichte

Das Haus war alt.

Davon abgesehen war es kein Haus, eher ein Stall. Eine Geburtsstätte war es auch. Und es hatte eine Beleuchtung. Fünfzehn Watt. Die Birne wurde von hinten her unter dem Giebel eingeschraubt. Es war noch eine mit Glühwendel, denn der Stall von Bethlehem war sehr alt. Wohl volle siebzig Jahre hatte er auf dem Buckel.

Der kleine Manz – ein paar Tannennadeln hingen an den Ärmeln seines alten Pullovers – hatte davorgelegen, das aus heller Esche geschnitzte Baby sachte berührt und sich alles vorgestellt.

Die Kälte vor allem, denn das Jesuskind wurde ja um Weihnachten herum geboren.

Es war eine zwielichtige Situation. Eigentlich sogar eine trilichtige. Trilichtig ist ein selten gebrauchtes Wort, es ist hier aber das richtige, weil der kleine Manz natürlich wusste, dass er es mit etwas Unechtem zu tun hatte, das irgendwer gebastelt hatte. Ähnlich wie eine Geschichte zum Beispiel.

Hinter diesem dritten Licht der unechten Situation zeigte sich etwas Zwielichtiges, das einen Jungen mit elf Jahren durchaus beschäftigen konnte. Es war nämlich einerseits so, dass der Stall mit seinem getrockneten Moos und all den hineingestellten Tieren und Menschen überaus gemütlich aussah. Dazu kam noch der Besuch von drei Gästen, die eindeutig bester Stimmung waren, da zwei von ihnen gerade die geschnitzte Hand zum Gruß hoben und alle drei Geschenke dabeihatten.

Aber da galt auch etwas anderes, der kleine Manz erspürte das schnell.

Arme Leute, die im Stall.

Der Gedanke an Armut hing mit der Kälte zusammen, denn die Wände waren dünn, einen Ofen gab es nicht, und auf dem Dach lag Schnee. Dass er aus Watte gefertigt war, spielte keine Rolle.

Manz kannte die Kälte.

Er kannte auch dicke Pullover, lange Unterhosen und zweimal Socken übereinander, weil … in den ersten Jahren hatten er und seine Mutter in der Baumbachstraße gelebt, wo der Ofen nicht richtig zog. Und zu viele Kohlen, darum hatte ihn seine stets in diversen Berufen tätige Mutter ja immer eindringlich gebeten, sollte er nicht reinstecken.

»Denk dran, das kostet alles Geld.« Der Satz war häufig gefallen.

Daran mag es gelegen haben.

Etwas Heißes und Kreisendes bildete sich im Kopf des kleinen Manz.

War es Zorn? Ein scharf treibendes Gefühl für Gerechtigkeit und das Gegenteil von Gerechtigkeit?

Natürlich, man soll in das Verhalten eines Elfjährigen nicht zu viel hineinlegen, aber zu sehen war dann eben doch, dass der kleine Manz nach einiger Zeit seine Fäuste ballte, die Lippen scharf aufeinanderpresste und die drei Gäste auf ihren Reittieren missmutig ansah.

Traurig.

Irgendwie schien der kleine Manz plötzlich etwas gegen die Heiligen Drei Könige mit ihren goldenen Kronen und Purpurdecken zu haben. Er stand eindeutig auf der Seite von Maria, Joseph und dem Jesuskind. Warum hatten diese reichen Leute sie einfach dort gelassen? In der kalten Hütte.

Zum Glück verflog das missmutige Gefühl schnell, denn er und seine Mutter waren im Herbst 1954 umgezogen, wohnten also seit zwei Jahren nicht mehr in der Baumbachstraße, und die Milchhähnchen im Herd begannen zu duften.

Davon abgesehen lag Bethlehem ja auch nicht sehr weit im Norden. Der kleine Manz hatte die Stadt in seinem uralten Diercke Weltatlas nachgeschlagen und mit Bleistift und Lineal eine horizontale Linie nach links gezogen. Ja, und da kratzte er bereits an Ägypten entlang und an Libyen. Bei Tunesien, Algerien und Marokko kam er schon recht weit ins Landesinnere. Und dass da die glühheiße Wüste war, wusste er von seiner Mutter, die ihn hin und wieder am Küchentisch damit amüsierte, dass sie Landkarten deutete und gefärbten Flächen, Linien und Schraffuren Leben einhauchte.

Schnee in der Wüste? Ein Widerspruch, den es aufzuklären galt.

»Woher kommt eigentlich der Schnee in Bethlehem?«, fragte er Onkel Jochen.

»Welcher Schnee?«

»Der zu Weihnachten.«

Onkel Jochen zeigte sich zunächst etwas irritiert. »Na draußen liegt doch zu Weihnachten oft Schnee. Und hier oben, bei euch in Pankow, ist der sogar liegen geblieben.«

»Schon, aber Bethlehem ist nicht Pankow, oder? Das liegt in der Wüste.«

»Richtig. Aber du darfst eins nicht vergessen: In der Wüste wird es nachts sehr kalt.«

»Ach, so ist das gemeint.«

»Kommst du, Jochen?«, rief in diesem Moment Manz' Mutter aus der Küche. »Ich glaube, die Milchhähnchen möchten nicht länger im Backofen bleiben, aber das musst du entscheiden.«

Der kleine Manz sah alles ganz genau: Onkel Jochen ging Richtung Küche, und noch ehe er den Durchgang erreicht hatte, kam ihm die Mutter entgegen. Sie wies, als ob das nötig gewesen wäre, in Richtung des Herds.

Während Onkel Jochen nun mit den Worten: »Dann wollen wir mal sehen, wie es steht« die Küche betrat, also quasi im Vorbeigehen, fasste er die Mutter an der Taille. Einfach so. Sie gab dem leichten Zug, der dabei entstand, nach, bog sich in der Mitte ein wenig durch, blickte weihnachtlich funkelnd und sagte: »Also wirklich.«

Manz' Mutter trug an diesem Weihnachtsabend 1956 ein gelbes, eng tailliertes Kleid, das höchstens ein Fünftel ihrer Waden bedeckte. *Wie im Sommer,* dachte der kleine Manz. Außerdem war sie mehr als sonst zurechtgemacht. Und obwohl seine Mutter für ihn natürlich etwas Alltägliches war wie sein Schulbrot, sein Fahrrad, sein Freund Richard oder Herr Rossberg, fand er, dass sie heute *pfundig* aussah. Wenn nicht gar *dufte*! Und so stellte er sich vor, wie es wohl auf die Leute hier in Pankow wirken würde, sähe man sie in dem Kleid im Sommer auf ihrem knallroten Fahrrad durch den Bürgerpark rauschen.

Nach dem Weihnachtsessen durfte der kleine Manz die großen Geschenke auspacken. Von seiner Mutter bekam er einen dunkelblauen Pullover. Mit einem weißen Bruststreifen, ähnlich wie ihn der Skifahrer Toni Sailer trug.

»Und? Freust du dich?«, fragte sie, nachdem sie mit Zupfen, Richten und Ziehen festgestellt hatte, dass er passte.

»Hm.«

»Du freust dich nicht?«

»Doch.«

Von Onkel Jochen gab es drei Weichen …

»Oh!«

… vierzehn Kurven und zwölf Geraden.

»Genau die brauchte ich!«

Dazu einen Bahnhof …

»Oh!«

… und einen Bauernhof.

»Auch noch einen Bauernhof! Das ist ja …«

»Von Faller«, hatte Onkel Jochen in einem Tonfall gesagt, als wäre er ein Fachmann in dieser Sache.

»Ja, die von Faller sind gut.«

»Zum selber Zusammenkleben natürlich.«

Zu alldem gab es noch eine große Tüte voll mit Hühnern, Frauen, einem roten Moped sowie einem Schaffner.

Dank der Weichen konnte der kleine Manz den inneren Kreis, der durch ein untertunneltes Gebirge kurvte, an den äußeren Kreis – mit Moos bewachsenes Flachland – anschließen und den äußeren Kreis gleichzeitig um eine Abzweiggerade erweitern, die zum Bahnhof führte.

Neben dem Bahnhof, am Ende der Rampe, gab es nun einen von Frauen in städtischer Kleidung geführten Bauernhof, auf dem ausschließlich Hühner gehalten wurden.

Das Gebirge übrigens hatte Manz selber hergestellt. Und zwar indem er einen alten Bettbezug in Gips getränkt und dann so zurechtgebogen und geknittert hatte, wie er es brauchte. Dieses Gebirge sah wahrlich überzeugend aus, hatte aber den Nachteil, dass es beim Transport ziemlich krümelte.

Das alles erklärte allerdings noch lange nicht, warum alle, die er kannte, die Geburt von Christus mit Tannenbäumen feierten. Zwei Tage rätselte er. Dann trug er die Sache seiner Mutter vor, und die erklärte es ihm.

»Es geht darum, das Paradies darzustellen. Und im Paradies, das habe ich dir aber schon mal erklärt …«

»Da blüht es immerzu und ist frisch und grün.«

»Richtig.«

»Und da führt uns das Jesuskind hin?«

»So sagt man.«

»Wenn wir dran glauben! An das Gute. Und uns so benehmen, dass es anständig ist.«

»Ich sehe, du hast profundere Kenntnisse als dein Vater.«

Das war ein ziemlich sinnloser Satz, denn zu Manz gab es keinen Vater. Seine Mutter hatte, als er noch klein war, immer gesagt: »Er ist bei den Roten geblieben.« Jedenfalls hatte er sie so verstanden.

Da seine Mutter nicht gerne über seinen Vater sprach, hatte Manz seinen Klassenlehrer, Herrn Rossberg von der Wilhelm-Piek-Oberschule in Pankow, gefragt, was mit den Roten gemeint sein könnte.

»Damit meint sie die Rote Armee und will dir sagen, dass dein Vater, wie auch die Väter von Robert, Markus und Karin, in Russland gefallen ist. Gefallen heißt, er ist dort beim Überfall deutscher Soldaten auf das russische Volk ums Leben gekommen.«

Erst als er vierzehn war, hatte seine Mutter ihm die Wahrheit gesagt. Es war nicht die Rote Armee. Tot war sein Vater auch nicht. Es ging um eine Rothaarige. Für Manz' Mutter allerdings war er tatsächlich gefallen. Oder eben gestorben. So war das gewesen. Manz hatte also keinen echten Vater, dafür aber Onkel Jochen.

Dr. Burmester, wie er offiziell hieß.

Urologe.

Und Dr. Burmester kam nicht nur aus dem Britischen Sektor, er hatte auch einen Patienten, der regelmäßig starke Schmerzmittel einer bestimmten Art benötigte und einen Laden betrieb, in dem Märklin-Eisenbahnen und all das Drumherum verkauft wurden. Oder eben getauscht. Gegen Schmerzmittel einer bestimmten Art. So einfach war das.

Onkel Jochen war zwar kein echter Onkel, kam seinen Pflichten aber nach. Im Haus, wie man damals so sagte. Und auch, was Manz' Erziehung und Ausbildung anging. Das Abitur zum Beispiel. Was ein Wunder war, dass Manz das später, nach dem Umzug von Pankow nach Neukölln, schaffte.

Ach ja! Eins muss noch erwähnt werden. Ein Objekt,

das untrennbar zum Stall von Bethlehem gehörte. Seine Mutter hatte dieses Objekt irgendwann auf dem Trödelmarkt erworben, obwohl … Manchmal behauptete sie, es stamme aus einem zerbombten Haus. Woher auch immer es kam, es war eindeutig selbst gemacht. Ein kleiner grünfleckig bemalter Hügel – wohl aus gebranntem Ton –, in dem ein Kreuz steckte. Nur war das Kreuz kein Kreuz, sondern ein kleiner gegabelter Ast, der sich oben so teilte, dass sich eine Art T ergab, das noch ein bisschen Richtung Y ging. Und in diese Gabelung hatten die Römer – denn die waren es ja wohl, wenn man der Schrift glauben durfte – den ebenfalls aus Ton gekneteten und so lala bemalten Jesus reingebunden. Mit dünnen Kordeln an den Armen, die Füße gingen bis runter zum Boden. Das Ganze sah für den kleinen Manz aus, als hätten hier Kinder Indianer gespielt und einen gefangen genommen.

»Der Junge, der das gebastelt hat, hatte nicht so viel Glück wie du«, sagte seine Mutter manchmal.

Verriet aber nie, wer dieser Junge war, der kein Glück hatte. Sie bewahrte überhaupt Stillschweigen über einiges. Auch später hatte Manz oft das Gefühl, das Leben hätte für seine Mutter erst im April 45 begonnen. Also mit seiner Geburt.

Das alles liegt an diesem Dienstagmorgen schon drei Ewigkeiten weit zurück. Was geblieben ist, außer natürlich vielen Erinnerungen, sind der Stall von Bethlehem, der Jesus in der Astgabel und die mit braunem Stoff ummantelte Verlängerungsschnur mit dem Bakelitstecker.

Selbstverständlich hat auch der erwachsene Manz, später in seiner eigenen Familie, sonderbare Sitten mit sonderbaren Objekten erlebt. Zum Beispiel im Jahr 1984. Da nämlich hat seine älteste Tochter Claudia, genannt Claudi, ein Weihnachtsfest lang die Marotte durchgesetzt, den Weihnachtsbaum – ein Lebewesen, wie sie meinte – zu verhindern. Stattdessen hat sie eine große Pyramide aus Teelichtern aufgebaut. Die Krippe und Jesus in der Astgabel standen nackt und schutzlos daneben.

Auch diese Zeit mit den heranwachsenden Töchtern ist seit Jahrzehnten vorbei. Inzwischen feiern Manz und seine Frau Weihnachten nach ihren eigenen Regeln.

»Christine!«

Keine Antwort. Manz geht zur Treppe.

»Christine?! Bist du oben?«

»Wo sonst?«, kommt es aus großer Ferne.

»Was machst du gerade?«

»Na, was schon? Ich bereite die Zimmer für die Mädchen und deine Mutter vor. Also für alle, die du eingeladen hast.«

»Sehr gut. Sag, wo ist der Bräter?«

»Welcher Bräter?«

»Jetzt komm, konzentrier dich. Der Milchhähnchenbräter von Onkel Jochen.«

»Wolltest du nicht einen aus Aluminium besorgen?«

»Nein, wollte ich nicht. Also, wo ist er?«

»Na, im Keller, wo sonst?«

Es wird gearbeitet. Manz und Christine haben die Aufgaben nicht untereinander aufgeteilt. Die Aufgaben haben sich selbst aufgeteilt. Es ist einfach passiert, im Laufe von fünfzig Jahren Ehe. Goldene Hochzeit, vor drei Jahren.

Der gusseiserne Bräter …

Manz steht noch immer am Fußende der Treppe und hält zwei Spannriemen in der Hand, als plötzlich hinter diesem gusseisernen Bräter ein Bild auftaucht.

Wie alt war ich damals? Sechzehn? Ja. Wir haben aber so getan, als wäre ich älter. Bild eines Türrahmens. Bild eines Bauernschranks. *Erstickt, hat Johansson damals gesagt.* Für einen kurzen Moment sieht Manz einen düsteren Raum vor sich. *Niedrige Decke, wie es die Bauern da oben so hatten.* Aber in diesem vorderen Raum hatten die Toten nicht gelegen. *Im angrenzenden Zimmer.* Und doch löst dieser vordere Raum mehr aus als der mit den Toten. *Wohl weil da das Familienalbum lag.*

Ein helles Knarren aus dem oberen Stockwerk, Manz legt den Kopf leicht in den Nacken, fragt: »Was wär dir lieber? Blautanne oder Serbische Fichte?«

»Und deine Mutter will wirklich eine ganze Woche bleiben?«

»Ja, natürlich. Von Berlin nach Zizzwitz, das ist ein weiter Weg für sie.«

»Warum fährt sie auch mit vierundneunzig noch immer Auto?«

Manz hebt die Hand, welche die beiden Spanngurte hält. »Blautanne oder Serbische Fichte?«

»Und Claudi wird wirklich kommen, da bist du ganz sicher?«

»Ja doch, wie oft denn noch?«

»Claudi kommt, obwohl deine Mutter …«

»Ich brauche eine Antwort.«

»Ich auch.«

»Blautanne oder Serbische Fichte?«

»Ach, ich weiß es doch auch nicht.«

»Also Blautanne.«

Nach diesen Worten verlässt Manz das Haus, geht zum Schuppen, holt seinen Werkzeugkasten und den Dachgepäckträger raus. Der Dachgepäckträger stammt aus dem Jahr 83, also dem Jahr vor dem Bau der großen Pyramide.

Nach einem letzten Blick auf die dampfende Elbe mit ihren kleinen weißen Teufelchen steigt er ein, startet den Wagen und verlässt Zizzwitz, da ihn die Tschechischen Fichten vom Zizzwitzer Weihnachtsmarkt in den letzten beiden Jahren nicht so recht überzeugt haben.

Anderthalb Stunden später kehrt er aus Dresden zurück, auf dem Dach eine prächtige Serbische Fichte.

Manz' Exkursion hat länger gedauert als geplant, denn auf dem Weg zum Dresdener Markt mit den Weihnachtsbäumen ist der Raum mit dem Bauernschrank noch mal in ihm aufgestiegen. Er hat nach dem Anfang der Geschichte von den beiden versteinerten Toten gesucht, ist verschiedene Versionen durchgegangen, hat sich bei diesem Nachdenken aber total in den Jahren verfranzt. *Und im Weg vertan auch.*

Auf dem Weihnachtsmarkt, zwischen den Bäumen, *liegt wohl am Geruch von Baumharz,* ist ihm plötzlich ein Weihnachten vor gut sechzig Jahren in den Sinn gekommen. *Einfach so aufgestiegen, genau wie die Toten.* Er hat überlegt, was er geschenkt bekommen hatte. *Sicher was für meine Eisenbahn.* Aber warum hat er dabei an einen Hühnerhof mit vielen Frauen und einem roten Moped gedacht?

»Hallo! Bin wieder da! Gab keine Blautannen mehr, aber ich hab eine gute Serbische ergattert!«

Stille.

»Christine?«

Stille.

»Hallo!«

Da erst kommt sie die steile Kellertreppe hoch. Etwas außer Atem. In der Hand Onkel Jochens gusseisernen Bräter.

»Blautannen waren aus.«

»Nimmst du mir das Ungetüm bitte mal ab.«

»Natürlich. Ich hab eine sehr schöne Serbische Fichte …«

»Und Claudi weiß wirklich, dass deine Mutter kommt?«

»Ach, nun dreh dich doch nicht immer im Kreis. Ich fang gleich mal an.«

»Womit?«

»Christine, wo sind deine Gedanken?«

»Bei deiner Mutter.«

»Gott, jedes Jahr …«

Der Rest ist Routine. Weihnachtsbaumständer. Kneifzange für die geflügelten Schrauben. Die alte, mit braunem Gewebe ummantelte Verlängerungsschnur mit dem Bakelitstecker. Der Stall mit den Tieren und Maria und Joseph und zweimal Jesus. Einmal der in der Krippe und einmal der in seiner Astgabel. All das eben, was bei Familie Manz mit dazugehört.

Manz ist wie immer für die Grundausstattung zuständig, Christine fürs Schmücken.

Dafür wiederum steht er in der Küche, weil … Er hat es erst neulich seinem Ruderfreund Wolfgang erklärt: »Weder meine Frau noch meine Töchter können vernünftig kochen. Sie bekommen zur Not irgendwas hin, um nicht zu verhungern, aber zu Weihnachten, das weißt du, da geht es nicht nur ums Kochen, da geht es um …!«

»Tradition? Familie?«

»Du weißt, was ich meine.«

Selbst zu kochen, das hat Onkel Jochen ihm früh beigebracht. Was das angeht, lässt Manz sich von niemandem reinreden.

»Christine!«

»Was denn jetzt wieder?«

»Hast du an Schmalz gedacht?«

»Unten, neben den Kartoffeln.«

»Warum neben den Kartoffeln?«

»Weil woanders kein Platz mehr war.«

»Hab ich gesehen, du hast viel eingelagert.«

»Du hast viele Gäste eingeladen.«

Bei Familie Manz gibt es am Heiligabend nie Gans oder Pute. Auch nicht Karpfen blau. Sondern Milchhähnchen.

»Die sind saftiger, und man kann die Menge sehr gut an die Größe der Familie anpassen«, hatte Onkel Jochen 1952 – an ihrem ersten gemeinsamen Weihnachtsfest – erklärt. Und bei der Gelegenheit auch den gusseisernen Bräter mit ins Haus gebracht.

52, das war eine noch recht karge Zeit in Berlin. Auch was gute Milchhähnchen anging. Zum Glück hatte Onkel Jochen gute Verbindungen zu zwei Hühnerhöfen außerhalb der Stadt – Verwandte von dankbaren Patienten.

Dann kam die Mauer, und es war Schluss mit den Hähnchen vom Hof. Für einen echten Berliner wie Onkel Jochen kein Problem, denn es gab ja die Fleischwarenabteilung im KaDeWe. Und die Milchhähnchen vom KaDeWe sind zwar nicht so berühmt wie die Boulette, die Leber mit Zwiebelringen, Äpfeln und Stampfkartoffeln oder gar die Currywurst beziehungsweise das Eisbein mit Sauerkraut, schmecken aber vorzüglich, und …

»Sie sind längst nicht so trocken wie Pute oder Gans! Längst nicht so trocken, ich sag's euch!«

Dreiundfünfzig Jahre waren Onkel Jochen und Manz' Mutter zusammen. Eine goldene Hochzeit allerdings wurde nicht gefeiert, da sie sich weigerte, ihren »Lebenspartner«, wie sie Onkel Jochen stets nannte, zu heiraten.

Natürlich gäbe es auch darüber viel zu erzählen, aber das wird nicht passieren, denn in Manz gärt etwas, das darauf drängt aufzusteigen und sich in Gänze zu zeigen …

Still ruhend unter einer weißen Decke wie Schnee

Sie sahen aus, als würden sie schlafen. Mann und Frau. Vater und Mutter. Beide auf der Seite. Löffelchen, wie man sagt. Er hinter ihr. Den Arm über sie gelegt. Über ihnen, aber nur bis zur Hüfte, die Bettdecke. Stark zerknittert.

So sah es im ersten Moment aus, als hätte ein versteinertes Zwerggebirge die Toten bereits halb überwachsen. Die Decke, wie auch die Oberkörper, die Gesichter, die Haare der Toten waren ganz fein und zart bedeckt. Mit einer dünnen Schicht schneeweißer Asche. In Pompeji hatte es mit Sicherheit ähnliche Bilder gegeben. Nach dem Ausbruch des Vesuv. In Gebäuden zum Beispiel, in denen Asche und Schlamm nicht gleich tonnenweise runterkamen.

Auch diese beiden waren zweifellos tot. Und auch hier spielte die Zeit eine Rolle. Als Täuschung. Denn die Leichname sahen aus wie versteinert.

Hausbrand, hieß es zunächst. Johansson hatte dann aber schnell etwas anderes nachgewiesen.

Manz hat schon lange nicht mehr an Johansson gedacht. Und an dessen Tochter, Maja, auch nicht. Und an die rote Jawa. Er war damals erst sechzehn Jahre alt gewesen, ging aber schon, wie er meint, auf die siebzehn zu.

Der Anblick der beiden Toten, das war tatsächlich der Beginn von Manz' erster Ermittlung. Nur hatte anfangs niemand geplant, dass er ermitteln würde.

»Friedlich«, so hatte Brandmeister Johansson sich damals ausgedrückt. »Sie sind im Schlaf erstickt.«

»Und Ersticken ist friedlich?«

»So sagt man.«

»Aber irgendwer hat das Haus angezündet.«

»Hm.«

»Meinst du, die Mädchen haben das gemacht?«

»Das gilt es rauszufinden.«

Zwei Tote und zwei Mädchen. Der Sommer 61 war für Manz ein besonderes Jahr. Als er Weihnachten 2019 beginnt, gedanklich in diese Zeit zurückzustromern, denkt er zuerst an die beiden mit weißgrauer Asche bepuderten Toten. Und an einen Bauernschrank. Der stand in einem Raum mit niedriger Decke.

Von der schönen Maja und der roten Jawa noch keine Spur. Auch nicht von den vielen Verdächtigen, von denen vermutlich einer das Haus angezündet hatte. Es ist noch zu früh. Die perlmuttschimmernde Frau in ihrer aus Menschenkalk gebauten schneeweißen Hütte hat die Knochen noch nicht geworfen, die Spindel noch nicht gedreht, den Spinnfaden noch nicht gezogen. Es fehlt noch ein Kleines, Manz auf die Sprünge zu helfen.

Die magischen Raumbilder von Gregor Schneider

»Huhuuu!«

Als der Wagen von Manz' Mutter vor dem Haus hält, ist es exakt 14 Uhr.

»Es geht los«, sagt Christine so leise, dass niemand sie hört.

Manz' Mutter steigt aus ihrem Simca-Matra, und gleich gehen die Arme hoch.

»Mein Kleiner!«

Dann wird Manz fest umarmt. Dann losgelassen. Dann betrachtet.

»Was hast du denn da für eine olle Hose an?«

»Den Weihnachtsbaum aufgestellt. Die harzen ja immer.«

»Tun sie das? Na, du wirst sicher noch etwas Besseres im Schrank haben.« Drehung des Kopfes um zehn Grad nach links, Blick etwas mehr in die Ferne. »Christine!«

»Hallo, Ingrid!«

»Na, werde ich denn gar nicht richtig begrüßt?«

»Komme«, sagt Christine und beeilt sich.

Im Jahr zuvor hat Christine sich nach diesem

»Komme!« so sehr beeilt, zu ihrer Schwiegermutter zu gelangen, dass sie mit dem Fuß umgeknickt ist. Sie hat die Festtage zusammen mit zwei Tuben Voltaren-Salbe auf dem Sofa verbringen müssen, und Claudia hat daraufhin ihre Großmutter mit einem derartigen Furor …

»Schön dich zu sehen.«

»Ich freue mich auch, Ingrid.« Christine nennt ihre Schwiegermutter in der Regel etwas formal bei ihrem Vornamen.

»Eben sag ich, was er wieder für eine olle Hose anhat. Hattest du ihn nicht vor einiger Zeit richtig eingekleidet?«

»Hatte ich.«

»Und jetzt wieder so? Mit seiner Cordhose? Na, nun bin ich ja da.«

»Hast du viel Gepäck?«

»Nur zwei Taschen.« Blick der Mutter Richtung Sohn. »Hörst du?«

»Was denn?«

»Zwei Taschen! Was ist los? Träumst du? … Na, lassen wir ihn, ich brauche jetzt erst mal einen ordentlichen Kaffee.«

Die Frauen gehen auf das Haus zu. Wobei Christine sich kurz umdreht, mit einem Blick, als wolle sie ihren Mann bitten, bald nachzukommen.

»Wie war die Fahrt, Ingrid?«

»Flüssig. Und wie versprochen! Ich hab das Fotoalbum dabei. Mein Sohn bei der Feuerwehr und dann gleich mit zwei Toten. Zum Schießen! Dass der mir damals einfach abhauen wollte …«

»Wollte? Ich dachte, er hätte es getan.«

»Flugversuche.«

»Na, komm erst mal rein.«

Noch im Flur hält Ingrid inne, kramt in ihrer riesigen Handtasche.

»Was suchst du?«

»Hier.«

»Nescafé? Wir haben eine Espressomaschine.«

»Eben.«

Manz betrachtet noch eine Weile den Simca-Matra seiner Mutter, holt dann die beiden Taschen vom Rücksitz und trägt sie ins Haus.

Christine hat alles sehr hübsch nach Meißener Art eingedeckt. Jetzt stehen der Kocher mit heißem Wasser und das Glas mit dem Nescafé zwischen all den zierlichen Tassen und Tellern auf dem Tisch.

»Gib mir mal die große. Die mit den Ledergriffen.«

Manz bringt seiner Mutter eine Reisetasche aus grünem Leinenstoff.

»So …« Sie holt einen Kunstkatalog raus.

Manz ist erleichtert. Fotografie und Kunst sind Themen, über die seine Mutter und Christine sich stets einmütig unterhalten können.

»Ah! Schön, dass du dran gedacht hast.« Christine rutscht etwas näher an ihre Schwiegermutter heran, Manz setzt sich dazu.

Der Kunstkatalog wird aufgeschlagen. In ihm sind die nachgebauten Räume von Gregor Schneider abgebildet.

Mensch und Raum. Manz liest den Titel über dem Vorwort … und sieht schon wieder Onkel Jochen vor sich, der gerade seine Fahrertür öffnet und dabei über die

Schulter blickt. *Sein roter Mercedes. Als wolle er mich zu einer Fahrt einladen.*

Manz wird von einem starken Gefühl erfasst. *Oh, wie gerne würde ich noch mal mit ihm fahren …* Um davon wegzukommen, rutscht er näher an Christine heran, wirft einen Blick in den Katalog und sieht, was er sieht.

Die Wände weiß. Links, als in die Tiefe gekippte schwarze Fläche, ein Fenster. Etwas dunklere Fuß- und Deckenleisten. Weitere Linien, die Raumkanten bedeuten. Parkettboden in Fischgrät. Genau! Ein Muster in Fischgrät! Tiefes einatmen. *Fischgrät, so heißt das Wort!*

Und dann ist es endlich so weit. Die schillernd-fischschuppige Göttin der Erinnerung spuckt in den Fluss.

Mecklenburg 1961. Onkel Jochen hat mich abgeholt, in seinem nagelneuen Mercedes Cabriolet 190 SL, und da oben traf ich die rote Maja auf ihrer knallroten Jawa …

Fontane, Kondome und das Parteiprogramm der SPD

Fontane war hier.

Sechs volle Wochen lang.

Schrieb in Waren an der Müritz an seinem berühmten Lebensabschlussroman *Der Stechlin*, in dem sehr viel wörtliche Rede vorkommt. Da ist also ein ganz direkter Bezug, denn Manz' Mutter spricht noch immer über die Raumbilder von Gregor Schneider …

Dass es 1961 überhaupt zu dieser Fahrt nach Mecklenburg kam und der junge Manz mit seinen sechzehn Jahren – er und Onkel Jochen hatten behauptet, siebzehn –

seine ersten beiden, gewissermaßen *dienstlichen* Toten sah, verdankte sich seinem Wunsch, eine Ausbildung bei der Freiwilligen Feuerwehr zu beginnen.

Onkel Jochen, ein Urologe und Pragmatiker mit viel Lebenserfahrung, sprach mit dem jungen Manz während der Fahrt nicht nur über den *Stechlin*, Fontane und entwicklungspsychologische Themen, den heranwachsenden Jüngling betreffend, es ging auch um die Verfügbarkeit von Kondomen.

»Normalerweise kein Thema zwischen Männern, aber weißt du, ich sehe in meiner Praxis ständig junge Kerle, die Vater werden, obwohl sie das noch gar nicht wollten.«

»Hm.«

»Ich hatte dir neulich schon mal zehn gegeben. Hast du die noch?«

»Nein.«

»Aber nicht weggeschmissen oder verkauft.«

»Nein, das wohl nicht.«

»Nun, dann war mein Gedanke ja richtig.«

Onkel Jochen hatte noch mal zehn dabei, die gab er dem jungen Manz, der drückte sie vorne in seine Hosentasche.

»Dann haben wir das schon mal hinter uns.«

»Hm«, sagte Manz. »Aber ich gehe ja auch nur zur Freiwilligen Feuerwehr.«

Onkel Jochen kam dann von den Kondomen her noch mal auf Fontane und dessen, wie er meinte, besten Roman.

»*Der Stechlin*!«

»Weiß ich, hast du schon öfter gesagt.«

Onkel Jochen hatte den jungen Manz bereits vor Monaten dringlich und mit Erfolg dazu angehalten, »jetzt, wo du sechzehn bist und die Reife erlangst«, das Buch zu lesen, weil, wie er immer sagte: »Fontane, das ist unser Großer. Nicht nur als Journalist. Auch als Naturalist! Die Franzosen haben ihren Zola, aber wir …!«

»Fontane. Weiß ich. Hab ihn ja auch gelesen. Also den *Stechlin* jedenfalls.«

»Das kann deiner Deutschnote nicht schaden.«

»Weiß nicht, mein Deutschlehrer, Herr Rossberg, fand, dass ich was anderes lesen sollte. Er nennt ihn den Hofschreiber der märkischen Junker.«

»Ach Gott, wieder so ein Hundertprozentiger!«

Um Fontane und Manz' ideologisch verirrte Lehrer ging es öfter bei Onkel Jochen. Gerade auch in diesen Zeiten des Umbruchs 1961, weil … Onkel Jochen hatte von seinen urologischen Patienten teilweise Informationen aus erster Hand, was die zwei Deutschland und den Wandel anging. Manchmal fand Manz es ganz interessant, ihm zuzuhören. Diesen *Stechlin* allerdings, damit hatte er sich nicht so recht anfreunden können.

Nun wurde erst mal eine Weile geschwiegen. Der 190 SL fuhr hundertzehn, und Onkel Jochen rauchte eine Pall Mall.

Felder mit Knicks und Alleen zogen vorbei. Auf den Äckern Kraniche, hier und da ein Dorf, in der Regel mit Kirche. Insgesamt viel roter Backstein. Vor allem natürlich bestanden die besseren Kirchtürme daraus, und dieser rote Backstein glühte regelrecht, was sicher am Kontrast zu den Erd-, Blau- und Grüntönen lag und natürlich daran, dass keine Wolke die Sonne verdeckte an diesem heißen Sommertag.

Das Schauspiel gefiel dem jungen Manz, so wie ihm auch die Geschwindigkeit des 190 SL gefiel und das Bier, das Onkel Jochen ihm eben geöffnet hatte.

Ja, und da legte er dann seinen Unterarm in lässiger Manier rechts aufs heiße Blech der Tür. Denn das ist ja der Sinn und Zweck eines Cabriolets, dass man das mit dem Unterarm machen kann, ohne dabei in einer Art Rahmen zu stecken. Auch der Blick des jungen Manz ging nun nach rechts, wobei seine Haare wirbelten, wie sie nur konnten. So ging es eine ganze Weile ohne einen Gedanken.

Dann aber, nach einem weiteren Schluck, fasste Manz einen der Kirchtürme genauer ins Auge. Es sah aus, als würde er unten schräg unterkreuzt, vom tiefgrünem Gepulke einer Allee. *Als ob er darin schwimmt.* Manz schloss die Augen, ließ das Bild gewissermaßen nachflimmern ... wartete, und ... öffnete die Augen wieder. Das einige Male.

Und er staunte doch sehr, wie wenig die Kirche vom Fleck kam. Obwohl der Wagen so schnell fuhr.

Anders war es, wenn er an etwas dachte.

Wieder ein Kirchturm.

Dann drei kurze Gedanken an etwas ganz anderes, vielleicht ein gesprochener Satz, und schon ... war die Kirche weg. Oder stand ganz rechts am Rand des Bildes. Das war unerklärlich. Es kam ihm vor, als wären Zeit und Bewegung nichts Eindeutiges.

»Darf ich noch ein Bier?«

»Klar. Tüte steht auf dem Rücksitz.«

»Du auch?«

»Nein. Während ich fahre, nie mehr als ein Bier«, antwortete Onkel Jochen. Manz kannte diesen Tonfall. Und auch die Sorgfalt, die dahintersteckte. Denn Onkel Jochen, *als Arzt, kein Wunder!*, achtete immer darauf, dass man sich an gewisse Regeln hielt. Vor allem solche, die mit Sicherheit und Gesundheit zu tun hatten.

Manz öffnete sein zweites Bier und gab sich weiteren, teils recht phänomenologischen Beobachtungen hin. So ließ er die Landschaft zum Beispiel in sich – also in seinen Geist – reinfließen. Er tat das allerdings nicht, weil ihm an irgendeiner Form von Ästhetik oder Naturgenuss gelegen war – die ästhetische Ausbildung begann erst ein Jahrzehnt später, unter Anleitung seiner Frau – nein, so etwas beim jungen Manz zu vermuten wäre eine schwerwiegende Verkennung des Vorgangs wie auch des Menschen.

Hier wirkte etwas anderes: Manz gab sich diesen Betrachtungen hin, weil er entspannt war im 190 SL. Weil er wusste, dass er endlos Zeit hatte für alles. Einfach nur das. Und entspannt war er, weil er ein wichtiges Ziel erreicht hatte und Onkel Jochen ihn da hinbrachte, wo er unbedingt hinwollte. Zur Freiwilligen Feuerwehr.

Als Nächstes ging es Onkel Jochen um die politische Ausrichtung seines Ziehsohns. »SPD! Das rate ich dir. Vergiss die konservativen Knacker von der CDU und …«

»Mutter sagt …«

»Deine Mutter hängt den Kommunisten an, aber das ist falsch, das führt dich in eine Enge, aus der du später kaum noch rauskommst.«

»Mein Lehrer, Herr Rossberg, sagt auch …«

»Dieser Rossberg scheint mir ein ziemlicher Idiot zu sein.«

»Verstehe ich nicht. Was ist denn an den Kommunisten so falsch?«

»Dass sie ängstlich sind zum Beispiel«, sagte Onkel Jochen, nachdem er sich eine weitere Pall Mall angezündet hatte.

»Kommunisten sind ängstlich?«

»Inzwischen sind sie ängstlich, im Krieg war das anders. Warum sie nun so geworden sind, kann ich dir auch nicht in Satz und Wort sagen, aber nur eine ganz im Tiefen eingewurzelte Ängstlichkeit kann erklären, warum sie immer alles so genau festlegen und festhalten wollen. Ein Beispiel: Du und deine Mutter, wenn ihr nicht in Pankow leben würdet, wenn ihr nicht Bürger der DDR wärt, dann dürftest du diese Ausbildung in Waren nicht machen. Die Arschlöcher hätten dir das verboten.«

Eindeutige Worte. Es sollten noch einige Jahre vergehen, ehe Manz mitbekam, dass diese strikte, fast schon bösartige Ablehnung des Kommunismus bei manchen Berlinerinnen und Berlinern aus den Westsektoren ziemlich tief saß. In Tübingen oder Oldenburg sah man das teilweise ganz anders.

»Du meinst also SPD.«

»Richtig, mein Junge. Lies dir das Parteiprogramm mal durch. Hast du das Parteiprogramm?«

»Noch nicht.«

»Ich gebe es dir bei Gelegenheit.«

Eigentlich war das Durchlesen des Parteiprogramms der SPD dann aber gar nicht mehr nötig, denn Onkel Jochen schien es fast auswendig zu kennen und kam aus dem Schwärmen gar nicht mehr raus. Bei seiner Darlegung spielte das Bildungsprogramm eine besondere

Rolle, und vom Bildungsprogramm kam er dann wieder auf ungewollte Schwangerschaften zurück und auf Kondome.

Die Verbindung des Parteiprogramms der SPD mit Kondomen, das war für den jungen Manz ein ganz schöner Sprung. Und so kam er, für einen kurzen Moment, zu dem Schluss, dass es, was die SPD und ihr Programm anging, so was wie ein Geheimnis gab, das mit Sex zu tun hatte. Vor seinem inneren Auge entstanden Bilder, teils obszöner Art.

Keiner seiner Neulehrer an der Wilhelm-Piek-Oberschule in Pankow hatte je so überzeugend, so klar und greifbar über Bildung geredet wie Onkel Jochen an diesem besonderen Tag.

Der Unterarm des jungen Manz ruhte noch immer auf dem heißen Blech der Beifahrertür, der Himmel mitsamt seinen weißen Quellwolken schien sich mehr und mehr in die Breite zu dehnen. Die Fläche war eine Fläche, das Land war das Land, die Fahrt eine Fahrt, und sein Ziehvater wirkte im roten 190 SL Cabriolet ganz anders als in Berlin. Was sicher auch an den scharf zurückgegelten schulterlangen Haaren und an der Cary-Grant-Sonnenbrille lag.

Ein Quadratschädel

Manz' Reise 1961 nach Mecklenburg-Vorpommern hätte ohne die nötige Energie und Sturheit seinerseits wohl nie stattgefunden. Sturm und Drang. So sagt man. Und wohl mit Recht, wenn man die hormonellen Kraftmomente in Betracht zieht. Was das anging, lag Onkel Jochen mit seinen Kondomen ganz richtig, wie sich bald zeigen sollte.

Was der Auslöser für die Fahrt war?

Der junge Manz hatte kurz vor Beginn der Sommerferien 61 beschlossen, von der Schule abzugehen und Berlin zu verlassen. Er war mit der Zehnten fertig, also schien das möglich. Vorsichtshalber hatte er den Plan zunächst mit Onkel Jochen besprochen.

»Ich will erst zur Rostocker Feuerwehr, später werde ich wohl ganz in Rostock leben.«

»Warum Rostock?«, hatte Onkel Jochen gefragt.

»In Rostock suchen sie welche.«

»Bei der Feuerwehr?«

»Ja.«

»Wer sagt das?«

»Welche aus meiner Schule.«

»Es gefällt dir bei uns nicht mehr? Ich hatte gemeint, du machst Abitur und überlegst dann in Ruhe. Ich hatte sogar ein bisschen gehofft, dass du dich für Medizin begeistern könntest und später mal meine Praxis …«

»Weiß ich, dass du das möchtest.«

»Deine Mutter auch.«

»Ja, aber das ist falsch für mich. Hat nichts mit euch zu tun, ich will einfach mehr sehen.«

»Mehr sehen in Rostock als in Berlin?«

»Vielleicht werde ich Matrose.«

Manz' Mutter war, als sie später am Abend von diesen Matrosenplänen erfuhr …

»Der spinnt doch!«

»Ingrid.«

»Nein!«

»Ingrid.«

»Ich zieh den doch nicht groß, dass er am Ende in Rostock vergammelt.«

»Also, dass er gleich vergammelt …«

»Du kennst ihn doch. Wenn der nicht jemanden hat, der ihn an die Kandare nimmt, dann geht er mit seinem Quadratschädel quer durch die Wand. Immer diese Ideen! Ideen über Ideen! Aber nie einen Plan. An die Kandare, das ist das Einzige.«

»Ingrid, bitte! Ein bisschen gemach. Dein Sohn ist weder ein Pferd noch ein Esel oder Ochse.«

»Sagst du. Da steckt doch wieder Richard dahinter! Der Vater von Richard, ich weiß nicht, ob ich dir von dem mal erzählt habe … Angeblich Tankwart! Handelt aber vor allem mit enorm billigen Autos. Na, wo die wohl herkommen?«

»Du meinst das Autohaus in der Berliner Straße?«

»Das ist doch kein Autohaus!«

»Steht aber dran.«

»Von seinem Vater, dem Autohändler, hat Richard das. Diese Halbwahrheiten, diese Fähigkeit, anderen was in den Kopf zu setzen. Und damit hat er nun also meinen Sohn infiziert.«

»Du behauptest hier lauter Sachen …«

»Richard! Ich sag's dir. Richard steckt dahinter! Der und kein anderer. Wieso überhaupt Rostock? Will Richard da auch hin? Ja, natürlich! Das wird's sein. Richard hat die Schnapsidee abzugehen und nach Rostock …«

»Jetzt hör bitte auf, Ingrid. So nützt das niemandem. Ich rede mit ihm.«

»Na, das wird schön was bringen. Richard steckt dahinter! Ich sag's dir. Und weißt du, wo der wohnt?«

»Na?«

»In der Richardstraße. Das sagt doch schon alles. Ich wusste es von Anfang an!«

»Atmen.«

»Ist ja gut. Mach das bei deinen Patienten.«

»Gemach.«

»Gott, warum hab ich einen Jungen bekommen und nicht einfach ein Mädchen.«

»Weil das für dich noch komplizierter … Ach, lass uns vernünftig reden.«

Dank Onkel Jochen, oder in diesem Fall, da es um die Ausbildung ging, etwas offizieller: Dank Dr. Burmester wurden zunächst weder Drohungen ausgesprochen noch drakonische Strafen verhängt. Er erkundigte sich lediglich, was denn die Freunde seines Ziehsohns so für Pläne hätten. Während dieses Gesprächs kam peu à peu heraus, dass Manz' bester Freund Richard nach Rostock gehen würde, um auf einem Frachter anzuheuern. Dafür war Manz mit seinen noch nicht ganz siebzehn Jahren zu jung. Also hatte er mit Richard besprochen, ein Jahr zu überbrücken. Bei der Freiwilligen Feuerwehr, denn das, so hatte Richard ihm erklärt, wäre in jedem Fall nützlich, wenn man anheuern wollte.

Onkel Jochen nahm die Sache in die Hand. Er hatte nämlich – ein Patient war ihm noch was schuldig – in der Nähe von Waren an der Müritz jemanden bei der Feuerwehr ausfindig gemacht.

»Wirklich?«, hatte Manz gefragt. »Und woher kennst du den? Ein Freund von dir?«

»Kein direkter Freund, aber ich habe die Prostata seines Vaters erfolgreich behandelt.«

»Ah!«

Onkel Jochen hatte ein längeres Telefonat geführt und Manz etwas besorgt.

»Du machst das erst mal während der Sommerferien, so müssen wir dich nicht wieder an der Schule anmelden, für den Fall, dass du es dir doch noch anders überlegst. In Waren an der Müritz …«

»Ist das nicht da oben? An diesem großen See?«

»Ja. Waren liegt an einem riesigen See. Du kannst dort baden, rudern, tauchen. Vielleicht lernst du jemanden kennen, der ein Segelboot hat. Jedenfalls hast du da mit Ragnar Johansson zu tun.«

»Ragnar Johansson?«, hatte der junge Manz gefragt. »Klingt für mich schwedisch.«

»Für mich auch.«

»Gibt es denn da oben viele Schweden?«

»Da bin ich überfragt.«

So war das gewesen. Eine Woche später waren sie in Onkel Jochens knallrotem Mercedes 190 SL … und so weiter.

Was der junge Manz zu diesem Zeitpunkt nicht wusste: Onkel Jochen hatte einen Plan, den er Ingrid mitteilte.

»Da oben bei der Freiwilligen Feuerwehr von Klein-Glevitz wird ihm schon bald so langweilig werden, dass er freiwillig nach Berlin zurückkehrt, studiert und später mal meine Praxis übernimmt.«

»Klein-Glevitz? Ich denke, ihr fahrt nach Waren.«

»Gemach. Immer eins nach dem anderen.«

»Du hast gesagt: Waren an der Müritz.«

»Es ist ja auch da in der Gegend.«

Onkel Jochen zahlte das Zimmer, in dem Manz während der nächsten Wochen Probezeit leben würde, in Naturalien.

Der rote Mercedes 190 SL, die lange von Kastanien gesäumte, mit Kopfsteinen gepflasterte Allee, der Ortseingang mit dem großen Hühnergehege zur Linken. Zuletzt eine Art Platz mit Kriegerdenkmal unter einem riesigen Baum.

»Wir sind da.«

Manz sah seinen Ziehvater mit etwas gekräuselten Lippen an. »Hier? Bist du sicher?«

»Ja. Ich denke, der freundliche Herr, der da gerade kommt, ist Ragnar Johansson.«

Das Gebäude der Freiwilligen Feuerwehr von Klein-Glevitz ähnelte im Großen und Ganzen einer roten Backsteingarage. Errichtet wurde sie – wie oben mit schmiedeeisernen Zahlen dranstand – 1908.

Nach der Begrüßung erklärte Johansson, wie es stand mit der Feuerwehr.

»Eigentlich geht das nicht, ich hatte es Ihnen am Telefon gesagt. Bei der Freiwilligen Feuerwehr darf nur arbeiten, wer einen festen Beruf hat.«

»Er ist sozusagen siebzehn.«

»Das habe ich verstanden. Ich lasse ihn nebenher mitlaufen, dass er weiß, was auf ihn zukommt, wenn er sich später tatsächlich entscheidet, zur Freiwilligen Feuerwehr zu gehen.«

»Hatten Sie mir nicht am Telefon noch was dazu gesagt?«, fragte Onkel Jochen.

»Ach ja, stimmt«, sagte Johansson und sah den jungen

Manz an. »Zur Freiwilligen Feuerwehr oder zur Marine, wenn du das ernst meinst … Abitur wäre da sehr vorteilhaft.«

»Du hast gehört?«, fragte Onkel Jochen.

»Hm.«

»Ach ja!« Onkel Jochen schien plötzlich etwas eingefallen zu sein. »Ehe ich es vergesse …«

Er holte ein mittelgroßes, gut zugeklebtes Paket aus dem Kofferraum und bat Manz: »Geh mal ein bisschen spazieren, sieh dich um. Wir haben noch was zu besprechen.«

Eine halbe Stunde später war alles klar, und Onkel Jochen wollte los.

»Also, mein Junge. Wenn du deine Arbeit hier gut machst, wenn du beweist, dass du zuverlässig bist und auf eigenen Beinen …«

»Ja, hab ich verstanden. Grüß Mutti.«

Manz gerät in einen Zustand

Nun galt es also Gerätschaften in Ordnung zu halten, das Spritzenauto zu waschen, Schläuche so umzulagern, dass sie keinen Knick bekamen, und einiges mehr. Außerdem waren natürlich die Garage und der zugehörige Vorplatz zu fegen sowie einige der ständig herabrutschenden Dachziegel wieder in die Sparren einzuhängen.

Auch die Dachrinnen waren schon lange nicht mehr sauber gemacht worden. Viele Blätter, denn über dem Gebäude prangte eine den kuhligen Sandplatz vollständig überspannende, wahrhaft gigantische Rüster, wie

Johansson das Gewächs nannte. Im Grunde war es eine Ulme mit für eine Ulme sehr kleinen Blättern.

»Demnächst machen wir uns dann mal an die Dachziegel ran«, hatte Johansson nach einigen Tagen erklärt. »Wir decken den ganzen Teil da unten ab und wechseln die Sparren aus. Ich schätze, das wird dir gefallen.«

»Hm.«

Da Manz in Klein-Glevitz niemanden kannte, ging er abends immer zu Johansson. Der hatte eine Tochter, neunzehn Jahre alt, wie sich bald herausstellte, und *ziemlich hübsch*. Jedenfalls sah sie aus, wie Manz sich eine Schwedin vorstellte.

»Hallo. Ich bin Maja.«

»Wie die Biene.«

»Du findest das lustig, oder?«

Fand er sofort Gefallen an ihrer barschen Art, Konversation zu machen?

»Und du? Wie heißt du?«

»Manz.«

»Das ist doch kein Name.«

»In Berlin schon. Aber was mich mal interessieren würde: Kommt ihr aus Schweden?«

»Wieso das?«

»Einfach nur so.«

»Wir sind Bürger der DDR.«

»Verstehe.«

»Ich glaube eher, du verstehst rein gar nichts.«

Was der junge Manz noch dachte, zum Beispiel über Majas Mund, ihre Ohrläppchen und die kleine Einbuchtung am Übergang zwischen Schulter und Hals, behielt er für sich. Es hatte ohnehin keinen Sinn, sich große

Hoffnungen zu machen, denn Maja gehörte mit ihren neunzehn Jahren einer ganz anderen Generation an als er selbst.

»Ich muss los«, sagte Maja, nachdem er sie eine Weile gedankenverloren angestarrt hatte. »Und ich glaube, mein Vater wartet auf dich.«

Das Ganze war am Ende irgendwie schmerzlich verlaufen, und Johansson wartete auch nicht auf ihn. Er saß an seinem Schreibtisch und erledigte, wie es schien, Schriftliches.

»Keine Zeit, tut mir leid. Geh ein bisschen spazieren, schau dir die Gegend an.«

»Gibt es denn hier was Besonderes?«

»Na, den Marstall und das Gutshaus natürlich.«

So stand es also: Es war ein glühheißer, noch früher Sonntagnachmittag, Manz hatte nichts zu tun und kannte niemanden. Also ging er aufs Geratewohl los, warf, wie Johansson ihm geraten hatte, einen kurzen Blick auf den Marstall und das alte Gutshaus. Was das anging: Beides schien unbewohnt zu sein und wurde offenbar schon seit Längerem nicht mehr instand gehalten.

Er zog weiter, kam am Friedhof vorbei, der, an einem einigermaßen steil abfallenden Hang gelegen, von keinem Baum, keinem Busch geschützt in der prallen Sonne vor sich hin brütete und Blasen warf.

Eine Weile übte er sich darin, auf einem Bein zu stehen und dann mit Schwung eine 360-Grad-Drehung hinzubekommen.

Natürlich gab es auch einiges, für Biologiestudenten und Verhaltensforscher durchaus Interessantes, zu sehen.

Ziegen schupperten ihr Fell an blank gewienerten

Holunderstämmen, braune Mecklenburger Hennen litten mit ausgebreiteten Flügeln in flachen Kuhlen, Kühe kauten und hörten dann mittendrin auf zu kauen.

Kinder oder Jugendliche waren nicht zu sehen. *Wohl alle im Haus wegen der Hitze.*

Der Geruch war passend für eine Gegend, in der es noch Misthaufen gab. Das Gleiche galt für die Laute des Protests, der Lust und des Leids, welche die von der brütenden Sonne niedergedrückten Tiere hin und wieder von sich gaben.

Wie geschichtet …

Die Luft über dem Sandweg flimmerte, als wolle sie den jungen Manz einlullen und ihm den Blick verstellen.

Dann aber … er hatte Klein-Glevitz mittlerweile etwas mehr als einmal komplett umrundet, die Zeit schien stehen geblieben zu sein, denn die Turmuhr an der Kirche zeigte noch immer Viertel nach … ja, da kam er wieder am Gutshaus an.

Das Gutshaus.

Die Luft vor diesem Gebäude flimmerte so gewaltig, als stünde ihr der Sinn danach, das Bild aufzulösen oder in Schichten aufzuteilen.

Das Gutshaus von Klein-Glevitz …

Der junge Manz in seiner hellgrauen Cordhose stand in einer Art grünem Tunnel auf polierten Katzenköpfen und betrachtete dieses Gutshaus.

Die von alten Bäumen überwölbte gepflasterte Allee führte direkt auf das Portal des Gebäudes zu. Dieses Portal befand sich etwa zwei Meter über dem umliegenden Terrain. Man kam dort über eine breite Rampe hin … *Die Rampe!* … Ja. *Die Rampe konnte man vor hundert*

Jahren wohl auf der einen Seite hochfahren, mit der Kutsche … dann oben aussteigen oder ausladen … und auf der anderen Seite wieder runter. Das war der Sinn der Rampe. Eine Rampe also, die die Form eines extrem in die breite gezogenen Us hatte. Und natürlich dachte Manz, als er die Rampe sah, sofort an das, woran auch Onkel Jochen gedacht hätte.

Der Stechlin.

Und noch eine Bezeichnung kam ihm in den Sinn.

Märkische Junker.

Das Wortgespann hatte einen so sonderbaren Klang, dass Manz es zuletzt zweimal laut aussprach. Hier etwas laut auszusprechen war kein Problem. Da war niemand, der ihn hätte hören können. Die Bezeichnung *märkische Junker* kam … von seinem Deutschlehrer Rossberg natürlich. Und stand für Ausbeutung und Schlimmeres.

Das Flimmern nahm zu, die Kanten des Gebäudes wie auch der Rampe gerieten in Schwingung.

Manz stellte sich vor, wie vor langer Zeit Kutschen die Rampe hochgefahren waren, sah, wie Menschen aus diesen Kutschen ausstiegen und jenen entgegengingen, die … *teils artig aufgereiht, wohl die Diener!* … oben auf der Rampe warteten.

Ach!

Unter denen, die ausstiegen, waren zwei Kinder, zehn Jahre alt. Sie hielten sich an den Händen und gingen nun auf ein drittes Kind zu, das oben auf der Rampe, wie es schien, bereits sehnlichst auf sie gewartet hatte, denn es zerrte, in stark vorgelehnter Haltung, an der Hand seiner Mutter. Die trug ein bodenlanges Kleid und hatte ihre Haare wie einen Turm hochgesteckt. Diese turmartige

Mutter wollte und wollte ihr Kind nicht loslassen, zog es sogar ein Stück zurück, als müsste sie es vor irgendetwas beschützen. *Warum darf denn ihr Kind nicht zu den anderen Kindern?*

Oben auf der Rampe zeigte sich nun alles immer genauer. Die Gruppen begannen aufeinander zuzugehen, sich zu mischen und umeinander zu drehen. Dieser Tanz, dieser Reigen machte die Pferde nervös, eins begann bereits heftig zu trippeln. Während das alles geschah, kletterten zwei Diener auf die Kutsche, um die Spannbänder, mit denen das Gepäck befestigt war …

»Verrückt geworden oder was?«

Das hatte er tatsächlich laut gesagt. Beinahe hätte der junge Manz sich in einer Geschichte verloren. Aber war diese Spinnerei eine Spinnerei? Ist es überhaupt möglich, zwischen Erlebnisstrom, Erkenntnisstrom und dem selbstbewusst operierenden Ich eines Sechzehnjährigen deutlich zu unterscheiden?

Nun gut, welche Menschen auch immer einst oben auf der Rampe auf eine Kutsche gewartet und das alles hier besessen hatten, es gab sie nicht mehr. Denn das Gutshaus war seit Langem verlassen.

Verloren gegangene Menschen.

Es gab nur noch die Rampe und die Ruine hinter der Rampe. Eine Geschichte, das beschloss Manz nun, galt es zu vermeiden. Zu sehen war nur, was zu sehen war.

Klobige, zusammengemauerte Felsbrocken unten, drüber zwei Stockwerke und eine Art Streifen. Oben ein Dach, von dem bereits Dachziegel abgerutscht sind. Links und rechts vom Eingang jeweils drei Fenster in jedem Stockwerk. Die oberen mit Fensterläden. Und über dem Eingang, wie heißt das? Putz blättert ab. Der junge Manz korrigierte sich: *Putz ist an vielen Stellen in großen Placken runter. Das Mauerwerk. Rot? Hellrot? Ziegelsteine jedenfalls. Zwei Fenster, links unten, sind zerschlagen, das dritte steht offen. Da sind wohl Jugendliche oder Gauner eingestiegen.* Er korrigierte sich erneut, beschränkte sich auf das, was er sah. *Ein Fenster geöffnet.*

Manz machte weiter, beschrieb sich, was er sah. Ging das Haus, die Zufahrt, den sicher vollends verkrauteten Karpfenteich mit der geköpften Figur von Poseidon, den verwilderten ehemaligen Park mit der kleinen Kapelle, dem Marstall und dem verfallenen Eingang zum Eiskeller, eins nach dem anderen durch, erschloss sich die Topographie und ... vergaß die Zeit, und ... kam in einen Zustand, den er nicht kannte ... Es war eigentlich kein besonderer Zustand, nur ein leicht erhöhtes Maß an Konzentration und Geduld.

Das Ganze hörte erst auf, als die Turmuhr der jämmerlich stupsnasigen Feldsteinkirche von Klein-Glevitz drei Mal schlug.

Stehe ich hier schon eine Dreiviertelstunde?

Offenbar war es so. Offenbar war ihm einiges an Zeit zwischen den Fingern ...

Ein Zustand.

Und wie es bei Zuständen manchmal passiert – Manz deutete ihn. Und wohl auch sich selbst. *Kleiner Hitzestich.* Er meinte, er habe aus Langeweile gehandelt. Er meinte, die Fähigkeit, sich ein Haus mitsamt umgebendem Park und Nebengebäuden en détail einprägen zu können, sei normal. Sei etwas, das der Gelangweilte eben täte. Ja, er meinte sogar, er habe so etwas schon öfter gemacht.

Nun, was immer Manz meinte, worin immer er sich täuschte, es ging vorbei, und die echte Langeweile wie auch das Gefühl der Einsamkeit kehrten zurück.

So ging er zuletzt in sein Zimmer, schloss ab, zog, da ihm heiß war, sein Hemd aus, legte sich auf sein Bett, dachte ein bisschen an Maja und überließ sich einem Grübeln ohne rechten Sinn. Ihm wurde darüber noch heißer, ja, es war fast schon wie Fieber. Also zog er auch noch seine graue Cordhose aus. Und kurz darauf den Rest.

So lag er zuletzt splitterfasernackt und glänzend wie ein Fieberkranker in seiner von der Sonne brutal ausgeleuchteten, kalkweiß gemalerten Kammer auf einem schmalen Bett mit dunklem Bezug und kam auf nichts Besseres, als an Maja zu denken und sich selbst zu vergessen.

Der Anblick seines nackten Körpers bot ein Bild fast schon artistischer Symmetrie, wie es Bildhauer in sehr alter Zeit bisweilen anstrebten. Unterstützt wurde dieser Eindruck dadurch, dass der junge Manz seine Hände gefaltet etwas unterhalb seines Bauchnabels abgelegt hatte und die Augen geschlossen hielt. Zu alldem kam, wie gesagt, noch der Glanz. Und dieser Glanz war berückend.

Am Montag, *zum Glück!*, stand wieder Arbeit an.

»Die Scharniere und Gelenkwellen von unserem H3A könntest du mal abschmieren.«

»Die oberen auch?«

»Die oberen auch.«

»Und wie?«

»Na, wie schon? Du nimmst dir die Fettpresse, schraubst

die Kappen von den Schmiernippeln runter und schmierst ab.«

»Und wie sieht die Fettpresse aus?«

Außer Johansson und Manz gab es bei der Freiwilligen Feuerwehr von Klein-Glevitz drei weitere Männer. Die beiden älteren hießen Jasper und Söhnke und waren Mitte vierzig. Dann gab es noch einen Neunzehnjährigen, der auf Manz etwas überdreht wirkte und Timo Wittfoth hieß.

Während der ersten beiden Wochen rückten sie einmal aus, weil es in einem Heuschober qualmte. Es stellte sich dann aber heraus, dass es nicht qualmte, sondern dampfte. Der Bauer war nicht da und hatte zu viel feuchtes Gras eingelagert. Und wie jeder weiß, fängt das schon nach Kurzem an zu dampfen.

»Obwohl es feucht ist?«, hatte Manz gefragt.

»*Weil* es feucht ist!«, sagte Johansson. »Bakterien.«

»Und könnte das anfangen zu brennen?«

»O ja. Ich denke, da du kräftig bist, holst du dir eine Forke und verteilst den ganzen Mist, dass er erst mal trocknet.«

»Was ist eine Forke?«

»Hier. Das ist eine Forke.«

»Eine Mistgabel.«

Drei feixende Männer im Hintergrund komplettierten ein Bild, das von schattierten Flächen geprägt war.

»Weißt du, wie man richtig hebt, ohne sich den Rücken kaputtzumachen?«

»Mein Rücken schafft das schon.«

Onkel Jochen hatte Manz übrigens nicht ganz die

Wahrheit gesagt, was Johanssons Beruf anging. Der war nämlich eigentlich Inspektor. Was ungefähr dem entsprach, was man üblicherweise Dorfpolizist nennt.

Sauber machen. Geräte in Ordnung halten. Dachrinne reinigen. Maja nachstarren. So wäre das weitergegangen, hätte es nicht an einem Donnerstagmorgen einen Anruf von Brettschneiders Hof gegeben.

»Ich glaube, bei Pannwitz oben am Wald brennt es.«

Wenig Wasser in diesem Sommer

Am Wegrand sah man die für die Gegend charakteristischen roten, blauen und gelben Flecke. Klatschmohn und Kornblumen zwischen verwilderter Gerste, locker eingestreuten Rapspflanzen, pulkigen Seggen und Klee. Dazu Schwarzdornbüsche in loser Folge.

Hinter diesem Saum die Felder. Saatgerste. In manchen Jahren auch Raps.

Der schmale Weg, der über gut drei Kilometer zwischen den Feldern zum Pannwitz'schen Hof führte, bestand aus nichts als Löss, Sand und Steinen verschiedener Größe. Autos fuhren hier selten, doch über die Jahre hatten auch die wenigen so manche tiefe Kuhle aus der Fahrbahn gelutscht. Findlinge ragten wie Kuppen heraus. Dazu viel aufgewirbelter sandiger Staub. Niemand, der die Gegend kannte, hätte diesen Weg mit einem frisch gewaschenen Auto befahren. Auch mancher Fahrer am Bahnhof weigerte sich, Fahrgäste aufzunehmen, die hierher wollten.

Die Feuerwehr hatte, was das anging, keine Wahl.

»Ja, das war schon eine Geschichte …«

Brandmeister Johansson gab der *Ostseezeitung* in der auf das Ereignis folgenden Woche ein kurzes Interview.

Aus der Kabine unseres H3A heraus wirkte alles ganz friedlich. Das Geholper und Gebocke war eigentlich das Schlimmste. Mit fünf Mann in der Fahrerkabine. Bei Rumms alle hoch bis zur Decke … dann wieder runter. Dazu das Gekratze der Schwarzdornbüsche am Lack. Und natürlich das Gerassel des alten Motors, der inzwischen so vibriert, dass man den Tacho kaum noch ablesen kann.

Das aus roten Backsteinen errichtete, geduckt wirkende Haus, Teil eines kleinen Gehöfts, stand am Rand des Wegs, gut dreizehn Kilometer außerhalb von Waren, nach Klein-Glevitz dagegen waren es nur vier Kilometer.

Der Brettschneider'sche Hof, von dem aus sie informiert worden waren, lag 1200 Meter entfernt in einer flachen Senke aus blaugrün wogender, bisweilen großflächig aufsilbernder Gerste.

Wir fuhren wie immer in voller Montur. Keiner sprach ein Wort, weil, wie gesagt: der alte Motor. Die Findlinge. Das Gebocke. An Mädchen, ich verstehe natürlich, dass Sie danach fragen, haben wir in diesem Moment noch nicht gedacht. Für uns heißt es immer: Eins nach dem anderen. Es gibt ja Vorschriften, die so was regeln.

Was auch immer zu regeln war, zu Mecklenburg gehört der Wind. Und in diesem Wind selbst früh am Morgen die Vögel.

Kraniche, Milane, flatternde Lerchen …

Störche natürlich.

Störche, die suchten.

Nach alter Gewohnheit. Denn für gewöhnlich stand hier bis in den Sommer hinein in tausend Mulden, eiszeitlichen Auskratzungen und Gräben Wasser, randvoll mit Fröschen und Nattern.

Nicht so in diesem Jahr.

Als … *Johansson und seine Männer*, wie es später in der *Ostseezeitung* stand, um halb sechs Uhr morgens eintrafen, hatten sie zunächst gemeint, es sei falscher Alarm. Selbst der erfahrene Brandmeister war davon ausgegangen, wie er später zugab.

»Weil nun mal Nebel um halb sechs Uhr morgens bei uns im Mecklenburgischen nicht gerade eine Seltenheit ist.«

Der Satz fiel mehr als nur einige Male. Nicht im Interview, aber bei Debatten mit den anderen aus der Rotte, in den auf die Tragödie folgenden Wochen, Monaten. Zum Beispiel im Fischer.

»Na, die ganze Zeit«, widersprach Manz, »war es extrem trocken. Und an dem Morgen, da war es nicht kalt, nicht mal kühl. Vielleicht, wenn wir daran gedacht hätten, vielleicht wären wir dann, als wir an Nebel dachten, darauf gekommen …?«

»Ja, mein Junge. Vielleicht, vielleicht, die Kugel rollt. Nun ist es aber zu spät, nun sind sie tot und begraben.«

So sprachen sie. Und dass sie das alles so sehr bewegte,

lag nicht nur am Brand, nicht nur am Tod. Es lag auch an den Mädchen.

Hinter dem Haus ein Bauerngarten von 5000 Quadratmetern. Alte Obstbäume, von deren Ästen längst nicht mehr alle Blätter trugen. Die standen auf einem von Wildschweinen regelmäßig durchwühlten, buckeligen Rasen. Dahinter die Gewächshäuser. Und um all das herum Felder, Felder, Felder und ein schmaler Streifen knurztrockener Wald, dicht ran bis ans Haus.

Die Geschichte ließ sie nicht los, da mochten Gedanken ausgesprochen sein, so viel sie auch wollten. Vor allem Manz war regelrecht befallen.

So ergab sich eine Woche nach der Tragödie, zwischen holzgetäfelten Wänden, im Licht von drei tief hängenden Lampen mit mundgeblasenen Gläsern, noch einmal eine Debatte. Fast die ganze Mannschaft saß an dem langen Tisch. Im Fischer. Bei Zander mit Bratkartoffeln und sehr hellem Bier. Nicht in Montur. Privat. Denn die Feuerwehrmänner von Klein-Glevitz trafen sich dort jeden Donnerstag. Sie hatten sogar ihren eigenen Tisch.

»Wie konnte das nur passieren?«, fragte Manz.

»Benzin«, antwortete Johansson, und man hörte am Klang seiner Stimme, dass ihn die Frage des Jungen ein wenig störte. Was aber wohl nur daran lag, dass er gerade mit dem Zander befasst war.

»Benzin. Weiß ich«, hakte Manz, der mit seinen großen hellen Augen, seinem langen glatten Hals wirklich noch wie ein Junge aussah, gleich nach. »Aber wer? Und warum hat es auch unten auf dem Boden gebrannt?«

»In diesen alten Bauernhäusern mit ihren dicken Wänden … Ich sag mal so. Du bist klug. Auch neugierig. Du hast Fontane gelesen, und dir gefallen die alten Legenden. Das alles ist gut. Und du weißt, dass ich dich mag. Aber du bist in Berlin aufgewachsen, weißt also noch nicht alles. Die meisten dieser alten Gebäude stehen auf gestampftem Lehm, der die Kälte speichert, sie bis in den August hinein geradezu aus der Tiefe nach oben zieht und nach innen leitet. Diese Kälte dringt in alles ein. Bis in die Knochen, so sagt man.«

»Wie in der Geschichte vom Fischer, dem Mädchen und dem roten Hahn!«

»Gewissermaßen. Und eine Lage Bohlen und Bretter nützt wenig gegen solche Geister. Also unterfüttern manche Bauern den Boden mit alten Zeitungen. Unter diesen Umständen, das wirst du zugeben, ist ein Brand des Bodens durchaus erklärlich. Zumal Benzin im Spiel war. Es war niemandes Schuld. Du musst das mal rauskriegen aus deinem Kopf. Wird Zeit, wenn du mich fragst.«

»Trotzdem stellt sich die Frage …«

»Darf ich jetzt erst mal meinen Zander essen? … Danke.«

Es war eine Täuschung perfidester Art. Selbst als die Feuerwehrmänner absprangen, hätte man noch glauben können, ein flacher frühmorgendlicher Nebel hätte sich über Landschaft und Gebäude gelegt. Erst als die Männer in ihrer Montur sich mit federnden Knien und schwerem Gerätebehang dem Haus näherten, erkannten sie, dass Rauch aus allen Ritzen quoll, ja, er schien sogar durch das mit Biberschwänzen gedeckte Dach hindurch zu diffundieren.

»Schwelbrand!«, rief Johansson und befahl, Masken aufzusetzen.

Timo, der der Unerfahrenste war, hörte den Befehl entweder nicht oder wollte es zu gut machen. Er stürmte voran, riss die Tür auf.

Es wäre übertrieben zu sagen, das Haus sei augenblicklich explodiert. Aber die linke Hälfte stand von einem Moment zum nächsten in Flammen.

Ein Hase richtete sich mit gespitzten Ohren auf.

Kiebitzte aus hohem braungelben Gras heraus.

Kraniche erhoben sich schwerfällig, das Haus machte die für einen Brand typischen Geräusche, eine noch junge Birke nah am Eingang geriet in heftige Bewegung, führte ein kleines Tänzchen auf, die Hitze schien in Wellen zu kommen.

Für die Männer hieß es nun: »Wasser marsch.«

Und genau in diesem Moment tauchten die Mädchen auf. Zwischen Holunderbüschen.

»Die beiden waren fast nackt.«

»Die standen da plötzlich.«

»Wie emporgestiegen.«

»Sehr lange Haare, die im Wind …«

»Trinkt nicht so viel Bier«, empfahl Johansson mit ernster Stimme.

Ob die Mädchen sich fürchteten oder ob sie sich gegenseitig am Schreien hindern wollten, wurde nie erfragt. Jedenfalls klammerten sie sich aneinander, als dürften sie sich nie wieder trennen.

»Sie trugen Nachthemden«, sagte Timo.

»Mit Bändern, die flatterten«, ergänzte der mit den struppigen braunen Haaren. Er hieß Söhnke.

»Weil heftiger Brand«, sagte Jasper, Vater von zwei Söhnen, »wie ihr wisst, immer eine Art Wind, einen Sog erzeugt und …«

»Ich finde, ihr habt jetzt genug Unsinn geredet«, unterbrach Johansson sie an dieser Stelle. »Diese Mädchen, über die ihr euch so viele Gedanken macht … Was haben die denn für eine Zukunft? Wie wird ihr Leben verlaufen, ohne Eltern? Ein bisschen Mitgefühl und nicht so viele dumme Gedanken, ich glaube, das wäre angebracht. Ihr gebt mir recht? Gut.«

Mädchen also sahen die Männer mit ihren seitwärts gedrehten Köpfen, während sie immer zu zweit dicht hintereinander an den Spritzen standen.

»Weil wir den Druck sonst niemals hätten halten können!«

Noch Wochen später wurde auf den umliegenden Höfen über den Brand gesprochen, bei dem zwei halbwüchsige Mädchen ihre Eltern verloren. Dabei entstanden im Laufe der Zeit mehrere Versionen dieser frei wuchernden Legende, und bei fast allen spielten die Fragen eine Rolle, warum a: die Tür nicht abgeschlossen war und b: die Mädchen ausgerechnet in dieser Nacht in einem Zelt übernachtet hatten.

»Seid doch froh!«, sagte die Witwe des Fischers, als sie an einem anderen Donnerstag mal wieder Forellen Müllerin Art auf den Tisch stellte. »Sonst wären Kirsten und Hilla auch noch verbrannt.«

»Schon, aber die Tür …«, sagte Manz.

Johansson zog seine Brauen zusammen. »Nun lass es mal gut sein, Manz. Du machst dich nur kirre.«

»Warum war die auf?«

»Manz!«

»Was denn?«

»Ich bin noch bei meiner Forelle.«

»Lassen die Bauern hier ihre Türen nachts offen stehen?«

»Manz, bitte!«

»Was denn?«

»Trink dein Bier.«

»Der Junge kriegt es nicht aus dem Kopf«, erklärte die Wirtin mit leichter Besorgnis und in die Winkel gekippten sehr kleinen Augen.

»Nein, er kriegt es nicht aus dem Kopf«, antwortete Johansson. »Und wo ich das gerade sage ... Bring mir doch noch mal ein Bier.«

»Kriegst du. Aber eins möchte ich doch wissen: Hab mich schon neulich gefragt ...«

»Na?«

»Wie ihr miteinander redet ... Du und der Junge.«

»Du meinst Manz?«

»Ja. Ist das so was wie eine Abmachung?«

»Wieso?«

»Na, weil ... Du nennst ihn manchmal Junge und manchmal Manz.«

»Wieso soll ich ihn nicht Manz nennen?«

»Hat er denn keinen Vornamen?«

»Verstehe ich nicht.«

»Na, und wenn er dann was sagt, dann klingt das immer, als wüsste er alles und du nichts. Ich meine, so wie ihr miteinander redet, so redet kein Mensch.«

»Wir schon. Und jetzt bitte mein Bier.«

Es war was mit der Tür.

Auch Timo behauptete zwei Tage später, die Tür sei nur angelehnt gewesen.

Irgendwann, er hatte zweimal mit Kommissar Krogmann gesprochen, war dann von polnischen Wanderarbeitern die Rede. Timo entwickelte Theorien und Szenarien, die seine Zuhörer mit vorgewölbten Lippen am Rand von dickwandigen Gläsern zur Kenntnis nahmen, ohne selbst etwas zu sagen. Er erklärte es immer exakter, schien sich sekundengenau an alles an diesem Morgen, an jeden Farbtupfer, jeden Milan, jeden Storch, jeden Schwarzdornstrauch, sogar an jedes aufgewirbelte Staubwölkchen zu erinnern. Wie eben jemand redet, der sich schuldig fühlt. Dabei war es nicht die Schuld der Freiwilligen Feuerwehr aus Klein-Glevitz. Nicht das Schlimmste jedenfalls, weil ... Die im Haus waren längst tot, als die Feuerwehr eintraf.

Strahlung

Die Mädchen saßen ganz still, ja beinahe starr, wie Manz meinte, in Decken gehüllt im H3A.

Johansson war eben kurz in der noch schwelenden Ruine gewesen.

Sein Kopf.

Knallrot, als er wieder ins Freie trat.

»Zwei Tote«, sagte er knapp. »Erstickt.« Dann verlangte er Wasser.

»Die Eltern?«, fragte Söhnke, nachdem sein Chef getrunken hatte.

»Ist anzunehmen.«

»Sollen wir es den Mädchen sagen?«, fragte nun Jasper.

Johansson überlegte einen Moment und schüttelte schließlich den Kopf.

Eine Magd vom Brettschneider'schen Hof kam den Feldweg hoch und erkundigte sich, ob die Feuerwehr Hilfe brauche.

»Gibt's auf dem Hof ein Fahrrad?«, fragte Johansson.

»Ja.«

»Vielleicht auch ein Auto?«

»Den Trecker.«

Söhnke wurde zusammen mit der Magd losgeschickt, die übergeordnete Behörde in Neubrandenburg zu informieren und Fachleute von der Feuerwehr in Faulenrost anzufordern.

»Warum fährt er nicht mit dem Feuerwehrwagen?«, fragte Manz.

»Damit wir haben, was wir brauchen, falls es noch mal losgeht.«

»Was geht los? Das Feuer?«

»Das meinte ich. Was dachtest du, was losgeht? Eine Turnriege?«

Die Sonne tat, wozu sie da war, ließ viele Milliarden Tautröpfchen an dünnen Halmen verdunsten und fabrizierte einen wunderschönen Mecklenburger Morgen. Einen mit weißen Quellwolken am blauen Himmel und kreisenden Störchen darunter.

»Kein Wind«, stellte Johansson fest.

»Sonst wäre es noch viel schlimmer gekommen«, sagte Jasper, der auf einem großen Findling saß, und wies Johansson zehn Minuten später auf eine Gruppe Rehe hin.

»Da!«

Als Nächstes kamen drei einfache Polizisten. Zwei hintereinander auf dem Motorrad, der dritte im Beiwagen.

Sie schüttelten nacheinander Johansson die Hand, sahen kurz zum Haus rüber und erhielten Erklärungen, woraufhin sie nickten.

Danach pflanzten sie sich und ihr Gefährt auf dem Feldweg auf und sorgten dafür, dass keiner näher als hundert Meter an die Brandstelle rankam. Ein guter Plan, denn nach und nach trudelten nun Neugierige ein, stellten Fragen und zeigten einander, was ohnehin jeder sah.

Manz hörte sie reden, verstand aber nicht, was gesagt wurde. Zu ihm drang nur ein an- und abschwellendes Gebrabbel. Hin und wieder zeigte jemand, zog mit Arm, Hand und Finger weit ausladend Bögen und Geraden von hier nach da und zurück. Manchmal verliefen diese gezeigten Linien auch im Zickzack. Was auch immer das dann zu bedeuten hatte.

Sicher gab es bereits eine ganze Reihe von Vorstellungen davon, was sich hier in den frühen Morgenstunden in welcher Reihenfolge abgespielt hatte.

Davon abgesehen, dass die Gaffer kamen, passierte erst mal nichts. Die Polizisten führten Befragungen unter den Gaffern durch, und wieder wurde gezeigt und gedeutet.

Johansson hatte mittlerweile eine auffällige Stelle an einer Hausecke entdeckt. Er besprach sich mit Jasper, es fiel zweimal das Wort »Brandmuster«.

Und das war's dann erst mal.

»Macht ihr denn weiter gar nichts?«, fragte Manz, der

sich das alles dynamischer vorgestellt hatte. »Müssen wir nicht rein?«

»Bei einem Hausbrand wie diesem dauert alles seine Zeit«, erklärte Johansson ihm. »Da drin hält es niemand länger als ein paar Minuten aus, und bei uns in Klein-Glevitz gehören Asbestanzüge nun mal nicht zur Grundausstattung. Außerdem muss erst mal ein Ingenieur kommen, der uns sagt, ob das Gebäude vielleicht einstürzt.«

Manz meinte daraufhin, als Erstes sollte doch wohl ein Arzt untersuchen, ob das Ehepaar Pannwitz wirklich tot sei.

Johansson schüttelte mit Würde den Kopf. »Da lebt niemand mehr.«

»Sicher?«, fragte Manz.

»Weißt du, wie heiß das wird bei so einem Brand? Selbst an Stellen, wo gar kein Feuer ist, sind das ein paar hundert Grad. Später, wenn wir reingehen, wird es regnen. Aber es regnet kein Wasser, sondern Putz und Kalk. Ausgeglüht. Löst sich von Decken und Wänden. Also hol dir ein Bier aus dem Löschzug und reg dich nicht auf.«

Es schien tatsächlich Einsturzgefahr zu bestehen. Mauerteile und Tragbalken, die sich ausgedehnt oder gebrannt hatten, veränderten nicht nur ihre Tragfähigkeit, sondern auch ihre Lage. Das Haus gab noch knackende Geräusche von sich. Zweimal hörte Manz, wie irgendwo im Inneren etwas sackte.

Alles hier schien endlos zu dauern. Selbst die Wolken oben kamen kaum vom Fleck.

Manz wurde es bald langweilig, Bier zu trinken und zusammen mit dem schweigsamen Jasper am Hang zwischen den Hummeln und Malven rumzuliegen, so schön sie auch waren.

Nach einer Weile wurde er dann regelrecht nervös, stand auf, umrundete das Haus und inspizierte die Wände wie auch den Boden vor diesen Wänden. Auffällige Fußspuren fand er nicht.

Zuletzt stand er vor einem Brombeergebüsch und aß Brombeeren. Nicht weil er Hunger hatte, sondern um ruhig zu bleiben, um etwas zu tun zu haben, weil … es ist für einen Sechzehnjährigen, der unbedingt zur Feuerwehr wollte, nicht leicht, einfach nur rumzustehen und nichts zu tun. Um das Nichtstun auszuhalten, braucht man ein gewisses Alter. Und wohl auch Routine. Der junge Manz hatte aber noch nicht dieses gewisse Alter und schon gar nicht die innere Ruhe.

Vor allem nicht nach einem gewaltigen Brand mit angeblich zwei Toten, einem Ereignis, das doch geradezu danach schrie … *Was machen, irgendwas. Und nicht einfach nur warten. Nicht einfach nur mit Bier rumliegen und palavern! Verdammt!*

Deshalb also die Brombeeren.

Manz konnte mit seinen Sechzehn natürlich noch nicht wissen, dass solche Verzögerungen, solche Verlangsamungen bis zur Stagnation, später zu seinem alltäglichen Leben gehören würden. Stillstand. Langeweile. Auf was warten, das vielleicht niemals passiert. Unbedingt was wollen, aber nichts machen können. So was kommt in nahezu allen Berufen vor. Und nicht immer stehen Brombeeren bereit.

Eine Stunde später kamen zwei Wagen. In einem saß der Brandmeister aus Faulenrost zusammen mit einem

Statiker. Im anderen ein Kommissar Krogmann aus Neubrandenburg, mit zwei Hutträgern in Zivil.

Johansson erstattete kurz Bericht, zeigte Krogmann die Stelle an der Hausecke. Und wieder fiel das Wort »Brandmuster«.

Krogmann hörte sich das alles an und fragte zuletzt mit Blick auf die beiden starren Gestalten im H3A: »Kann es sein, dass die Mädchen das Haus angezündet haben?«

Johansson zog die Schultern hoch.

»Gut, das finde ich raus«, erklärte Kommissar Krogmann.

Die Mädchen wurden zu seinem Auto geführt.

Aber die wollten nicht. Kaum, dass man sie aus dem H3A herausbugsierte, kam Leben in ihre vorher so reglosen Körper. Es war zuletzt ein gewisser körperlicher Einsatz nötig, sie in Krogmanns Wagen zu verfrachten. Zuletzt stiegen Krogmann und die beiden Hutträger ein.

Und schon fuhren sie ab.

Die Gesichter der Mädchen mit ihren wohl vom Schreien oder Rufen geöffneten Mündern hinter der Rückscheibe des Wagens hatten bewirkt, dass Manz' Mund plötzlich trocken wurde. Ja, er bekam sogar ein bisschen Angst.

»Was passiert jetzt mit denen?«

»Tja«, brummte Johansson.

»Vermutlich erst mal ins Heim«, erklärte der Brandmeister aus Faulenrost. »Oder es finden sich Verwandte, die sie aufnehmen.«

»Das wäre sicher das Beste«, gab Johansson zu. »Hoffen wir mal, dass die beiden nichts mit dem Brand zu tun haben.«

Manz fand alles falsch, alles ungerecht, alles *ungehörig!*, wie seine Mutter gesagt hätte.

»Warum wurden die wie Verbrecher weggebracht? Die haben doch gar nichts gemacht, und ich glaube auch, die hoffen immer noch, dass ihre Eltern vielleicht doch überlebt haben.«

»Die wurden nicht weggebracht«, sagte Johansson ziemlich streng. »Weggebracht klingt schlimm, warum sagst du das?«

»Weil sie nicht wollten. Was waren das für welche? Die mit den Hüten? Du hast es doch selbst gesehen.«

»Schluss jetzt. Man hat sie nur zur Befragung mitgenommen.«

»Und was will man sie fragen, wenn sie geschlafen haben, als es anfing?«

»Zum Beispiel, ob sie geschlafen haben, als es anfing. Vermutlich möchte Kommissar Krogmann nur wissen, wie der Abend vorher verlaufen ist, ob zum Beispiel jemand auf dem Hof war oder ob die beiden Streit mit ihren Eltern hatten. Außerdem ist ein hoher Sachschaden entstanden. Schon aus dem Grund muss alles genau untersucht werden.«

Die Sache mit den Mädchen, die nicht weggebracht werden wollten, vielleicht auch die Tatsache, dass sie in seinem Alter waren und nur Nachthemden trugen, hatte den jungen Manz ... Ja, was? Erschüttert? Getroffen? Wütend gemacht?

Er war sich ziemlich sicher, dass Kommissar Krogmann sie nicht so allgemein befragen würde, wie Johansson behauptete. Eher schon sah es für ihn so aus, als wollte man ihnen *irgendwas in die Schuhe schieben*, *denn dieser Krogmann, allein, wie der guckt und redet und dass er auch nur zehn Minuten hier war, und gleich ging es ihm um die Mädchen.*

Manz war voreingenommen. Ihm hatte der Kommissar aus Neubrandenburg nicht gefallen.

Und so passierte es mal wieder. Seine Mutter benutzte bekanntlich, wenn es um die Charakterisierung ihres Sohns ging, abgesehen von »Ochse« und »an die Kandare nehmen« ganz gerne die Worte »stur« und »Quadratschädel«.

Quadratschädel ... – ihr gutes Recht, ihn so zu nennen, schließlich war sie seine Mutter. Das gab ihr gewisse Befugnisse in der Beurteilung, weil ... sie kannte ihn. Sie hatte sich eine Meinung gebildet. Schon mit Manz' Geburt fing das an. Andererseits: Quadratschädel ist natürlich ein sehr starkes Wort, wenn es um das noch unsichere Tasten und Fühlen eines Heranwachsenden geht.

Und der junge Manz wurde doch auch hier, vor dem halb abgebrannten Haus der Familie Pannwitz, nicht sofort und auf der Stelle wütend. Quadratschädelte also nicht.

Gut, ein bisschen rot wurde sein Kopf.

Und in ihm begann etwas zu kreisen. Ein Vorgang, wie man ihn zum Beispiel von Tornados her kennt, die ja ihre Wucht auch daraus entwickeln, dass sie sich um einen Punkt herum drehen.

Der junge Manz wollte was. Wollte nun endgültig und unbedingt was. Und dieses unbedingt wollende, knallrot saugende Kreisen führte dazu, dass er, ohne es überhaupt zu merken, seine Fäuste ballte und auch nicht mehr abwarten mochte.

»Johansson!« Das hatte fast wie eine Anweisung geklungen. Ein Versehen, der Aufregung geschuldet. »Johansson!«

»Was denn?«

Er musste etwas unternehmen, *gleich, nicht irgendwann.* Er musste etwas finden, das beweisen würde, *die Mädchen haben nichts mit dem Brand zu tun.*

Im Zelt

»Kann ich mich mal umsehen, ja, oder?«

»Mach das, Manz, mach.«

Und schon hörte das Kreisen auf. Eine Stille, einem tauben Gefühl nicht unähnlich, machte sich in Manz breit.

Er erstieg einen kleinen Wall. Auf dem waren die beiden *zappeligen Mädchen, sehr zappelig,* erschienen. Hinter dem Wall, in einer Senke, befand sich der Obstgarten. *Alte Bäume.* Sie wirkten *irgendwie krüppelig*, waren am Ende ihrer Kraft, in den teils schon toten Ästen nisteten pulkige grüne Misteln.

Das Gras ging Manz bis fast ganz die Waden hoch. Es roch nach Heu, nach Brand und … *Was ist das?* Da war noch ein Geruch. *Wie stark gewürzt irgendwie.* Aber doch unerklärlich.

Zunächst.

Am unteren Ende der Obstwiese, vor einem kleinen Teich, in dem sich Karpfen und Schleien mühten, wucherten, *wie im Karree, komisch,* Holunder, Schwarzdorn, bauchige Schlehenbüsche. Ein dichter Hag war entstanden, und so dauerte es eine Weile, ehe der junge Manz das Zelt entdeckte.

Als hätte man es verstecken wollen.

Gefertigt war dieses Zelt aus hellgrauem fleckigen Leinenstoff fester Machart, es hatte die Form eines Dachs ohne was drunter.

Manz suchte nach einem Reißverschluss. Es gab keinen, nur Kordel, die man zusammenbinden konnte.

Manz schlüpfte rein, schnupperte. Zuerst meinte er, es würde schwach nach *Seife, oder ist das Parfüm?*, riechen, entschied dann jedoch, das sei Einbildung. *Ziemlich unordentlich, wie zerwühlt …* Auf den beiden Schlafstellen lagen keine Schlafsäcke, wie er es erwartet hatte, sondern normale *Bettdecken*, als Unterlage dienten mehrere Lagen alter Wolldecken.

Das ist mir, nee … Er scheute sich, die Kleidungsstücke zu durchstöbern, da sie irgendwie nicht in die Sphäre dessen gehörten, was ihn etwas anging.

Dafür fand er drei Dinge, die interessant waren.

Erstens das Set: ein Campingkocher nebst Topf, Wasserflasche und einer braunen Papiertüte mit *ach, Tee ist da drin.* Der Kocher wurde mit Benzin betrieben, wie Manz feststellte, indem er den Verschluss aufschraubte und schnüffelte.

Zweitens: ein alter, bereits stark vergilbter Reiseführer für Wanderer, die nach Frankreich wollten.

Drittens: zwei Taschenlampen.

Im Reiseführer waren verschiedene Orte und einige Sätze, die Zeltplätze betrafen, mit Bleistift unterstrichen.

Davon abgesehen fand er, wenigstens auf den ersten Blick, nichts Besonderes.

Manz krabbelte wieder raus, ging außen um das Zelt herum. Er suchte nach einem Benzinkanister. Denn der, dachte er, *wäre ja möglich bei einem benzinbetriebenen Campingkocher.* Er fand keinen Kanister.

Eigentlich wollte er zurückgehen und Johansson berichten. Dann aber beschloss er, noch einmal ins Zelt zu kriechen, um doch noch …

Hose, kein Rock.

Diesmal traute er sich, die Taschen der Kleidung zu durchsuchen. Es war eine etwas zittrige Angelegenheit, denn auch wenn Manz bereits sechzehn war und schon seine Erfahrungen mit Mädchen hatte, fand er es doch *unanständig.*

Einfach in der Kleidung von Mädchen, die nicht da waren, die ihm das nicht gestattet hatten … einfach mit den Händen, den Fingern darin herumzustöbern, das war eine höchst fragwürdige Angelegenheit. Andererseits: Fühlte der junge Manz sich nicht in diesem Moment bereits als Ermittler? War dieses Durchstöbern von Kleidung der Beginn seiner Laufbahn? Und war es nicht auch so, dass Kollegen Jahre später, wenn Manz sich mit einem Fall sehr intensiv befasste, sagten: *Jetzt wühlt er sich rein.*

Hosen, dachte er noch einmal. *Als sie auftauchten, trugen sie Nachthemden. Haben sich wohl im Zelt umgezogen.* Irgendwie schien ihm diese Sache mit dem Umziehen im Zelt bedeutsam. *Aber warum?* Er kam nicht drauf.

Bei der Durchsuchung der Hosentaschen fand Manz etwas von Interesse. Eine Quittung für einen Laden in Waren an der Müritz. *Waren aus Waren.* Das kleine Bonmot schoss ihm in den Kopf, überzeugte ihn aber nicht.

Und in genau diesem Moment spürte er etwas.

Nicht mit den Händen, es passierte im Kopf. Für einen kurzen Moment geschah wieder das, was er erst neulich vor dem Gutshaus erlebt hatte.

Der Zustand.

Er wurde ruhig.

Es war eine Ruhe, die nichts mit dem Wunsch nach Entspannung und schon gar nichts mit Müdigkeit zu tun hatte. Eher schon war das Gegenteil der Fall. Manz bildete sich ein, er sähe, wie es hier zugegangen war, als die Mädchen sich umzogen. *Beide Hosenbeine auf links gedreht.* War das gerade ein Gedanke? War es nicht einfach so gewesen?

Haben sich im Zelt umgezogen, da ist es eng, und wenn man die Hose auszieht, kann das passieren, dass die Beine hinterher auf links sind. Warum haben sie sich nicht im Haus für die Nacht umgezogen? Von da bis zum Zelt, das sind nur gut fünfzig Meter?

Er sah es. Er sah, wie sich die beiden in dem engen Zelt mit den Hosen abmühten. *Warum nicht im Haus umgezogen?* Es war nichts Frivoles dabei, der kleine Film hatte den Charakter einer Feststellung.

Und erst in diesem Moment!

Vorher nicht.

Erst da merkte der junge Manz, dass er einen Fehler gemacht hatte. Einen groben sogar. Er hatte nämlich nur *eine Hose* und *ein Hemd* durchsucht. Offenbar hatte sich nur eine der Pannwitz-Töchter im Zelt umgezogen. *Warum? Als sie auftauchten, als wir sie sahen, trugen beide Nachthemden. Hat sich die eine schon im Haus umgezogen?*

Manz wusste noch nicht warum, aber der Umstand kam ihm bedeutend vor.

Er hörte Johansson, der seinen Namen rief. Also krabbelte er rückwärts aus dem Zelt, band, als gälte es etwas zu bewahren, den Eingang sorgfältig zu und ging zurück zum Haus.

Der Ingenieur hatte eine erste Einschätzung abgegeben. »Die linke Hälfte des Gebäudes ist sehr fragil, die rechte, ich denke, das müsste gehen. Kann nur sein, dass euch Putz auf den Kopf fällt.«

»Du darfst auch«, sagte Johansson zu Manz und zeigte dabei auf den Eingang des von links her halb abgebrannten Hauses. »Dann lernst du was. Oder hast du Angst vor toten Menschen?«

»Nein.«

Manz bekam einen speziellen Anzug, der an seinem dünnen Körper ziemlich herumschlackerte. Dazu einen Helm, der wohl ursprünglich mal für Soldaten gedacht war. Dann folgte er Johansson und dem Brandmeister aus Faulenrost ins Haus.

Als Erstes kamen sie in einen engen Flur. Links, *wie in eine Nische eingebaut*, hatte eine Treppe nach oben geführt, sie war *eingebrochen*. Rechts hinten ging es in eine Küche.

Vom Flur direkt in die Küche, leben Bauern so?

In der rechten Gebäudehälfte sah es tatsächlich längst nicht so schlimm aus, wie Manz angenommen hatte. Töpfe auf dem Herd, eine halb volle, wieder verschlossene Bierflasche stand auf einem Tisch. Die Küche sah alles in allem sehr ordentlich aus.

Der Dachstuhl und die linke Seite des Hauses waren

abgebrannt. Der Wohnbereich schien nicht so schwer betroffen. Hier sah man vor allem die Auswirkungen der Hitze und des Rauchs. Putz war von den Wänden und der Decke gefallen, und alles, das war das Auffälligste, war *ganz weiß*.

Hinter der Küche kam ein Raum, den Manz' Mutter »die gute Stube« genannt hätte. Alles war noch in Ordnung, Feuer hatte auch hier nicht gewütet. *Mit einer dünnen Schicht weißer Asche bedeckt, und überall Placken von Putz.*

Dann erkannte Manz, was Johansson mit Hitze gemeint hatte. In einer Ecke des Raums stand ein Gewächs, das bis zur Decke ging. Die Pflanze sah im oberen Teil aus, als hätte man sie seit Jahren nicht mehr gegossen. Die schneeweißen Blätter waren eingerollt, ein paar lagen auf dem Boden. Ganz unten aber hatte die Pflanze noch grüne Blätter.

»Die Hitze steigt zuerst nach oben«, erklärte Johansson und wiederholte: »Zwischen 800 und 1200 Grad.«

»Aber da ist nichts verbrannt.«

»Nur heiße Luft. Solange kein Feuer drankommt ...«

Wären die Putzplacken nicht gewesen, Manz hätte glauben können, er befände sich in einem Raum, der vor zweihundert Jahren verlassen wurde. *Hat was Ewiges, und ...* Am Ende der Stube gab es eine weitere Tür. Johansson und der Brandmeister aus Faulenrost gingen zur linken, die halb offen stand.

»Da«, sagte Johansson und zeigte auf etwas. Der andere trat neben ihn, blickte nun ebenfalls in den Raum. Zeit verging ohne Handlung. Und das waren bestimmt dreißig volle, lange Sekunden.

Schließlich schüttelte der Brandmeister aus Faulenrost sachte den Kopf.

Kein Wort.

Die beiden machten sich auf den Weg nach draußen.

Und Manz traute sich.

Er ging die letzten Meter bis zur Tür und blickte in den Raum mit den beiden Toten.

Mord gewissermaßen

Die Sonne war bereits dabei unterzugehen, am Himmel zwischen den Bäumen viel Rot. Übergehend in Rosa, teils Lila, dann nach oben hin zart ausgetuscht zu Dunkelblau. Es war keine einzige Wolke am Himmel.

Johansson stand mit dem Brandmeister aus Faulenrost an einer Ecke des Hauses. Der zeigte nun auf eine Stelle an der Wand und sprach das entscheidende Wort aus.

»Fächerförmig.«

»Ja«, sagte Johansson. »Hier draußen und im Lager auch.«

»Ja, hab ich gesehen.«

»Benzin.«

»Ich stimme dir zu.«

Als die beiden das sagten, standen sie draußen an einer Hausecke, an der das Fallrohr der Dachrinne in einen großen Bottich aus Stahl entwässerte. Wasser war nicht in dem Bottich, denn der Sommer war extrem trocken.

»Wer macht so was?«, fragte der Brandmeister aus Faulenrost. »Im Lagerraum ist es ganz ähnlich, nur finden sich die Spuren da auf dem Boden.«

Es war eindeutig. Das Wort »Brandbild« war mehrfach gefallen. Das Wort »Muster« auch.

Fächerförmig breitete sich hier an der Hausecke ein schwarzer Schatten nach oben aus. Dorthin, wo sich einst der holzverkleidete Überstand des Daches befunden hatte. Von dem standen nur noch ein paar verkohlte Balken.

»Hier fing es an.«

»Und innen im Lager!«

»Innen *und* außen. Das ist sonderbar.«

Johansson nickte. »Ich gebe dir recht.«

»Das war höchst gefährlich für denjenigen, der hier Feuer gelegt hat.«

»Klassisches Brandbild«, sagte Johansson zum x-ten Mal.

»Dann von da aus da rauf …«

»Hm.«

»Und von da oben da rüber«, sagte der Fachmann aus Faulenrost weiter und zeigte zur Verdeutlichung nach rechts. Johansson gab ihm recht, indem er erneut nickte.

»Drinnen auf dem Boden hat es mächtig gebrannt. Da sind sicher Zeitungen unter den Dielen.«

Johansson nickte ein weiteres Mal.

»Ganz eindeutig Brandstiftung«, entschied der Fachmann zuletzt.

»Sehe ich auch so.«

»Nachts vermutlich.«

»Sehe ich auch so.«

»Heimtücke.«

»Sehe ich ganz genauso.«

»Fragt sich, wo der Benzinkanister ist.«

»Mitgenommen?«

»Vielleicht findet ihr ihn.«

»Fingerabdrücke?«

»Das war mein Gedanke.«

Ein guter Moment. Die beiden Männer waren von A bis Z einer Meinung.

Dann kam der jüngste der drei Feuerwehrmänner, Timo Wittfoth, dazu und sagte einen Satz, der später einiges auslöste.

»Die Haustür war nur angelehnt.«

Als Timo Wittfoth das mit der Tür sagte, kam dem Fachmann aus Faulenrost ein Gedanke, der Kommissar Krogmann auch schon beschäftigt hatte.

»Könnten die Mädchen das gemacht haben?«

Noch ehe Johansson etwas dazu sagen konnte, ging Manz dazwischen. Er sprach mit einer Ruhe, als stünde ihm ein Urteil zu.

»Nimmt denn jemand, der das Haus seiner Eltern anzünden will, einen Campingkocher und einen Reiseführer mit ins Zelt?«

»Und wer bitte bist du?«, fragte der Brandmeister aus Faulenrost.

»Manz«, sagte der junge Manz.

Glühwein

»Opa?«

»Na?«

»Ich möchte dich mal was fragen.«

Matthias, genannt Matti, passt Manz ab, als der gerade aus dem Schuppen zwei Flaschen Glühwein holen will.

»Und was möchtest du wissen?«

»Warum meine Mutter und deine Mutter sich nicht mögen?«

Ahnt Manz in diesem Moment bereits, dass er den Glühwein nicht holen wird?

»Ich bin gar nicht so sicher, dass sie sich nicht mögen.«

»Sie streiten sich fast jeden Tag.«

Matti ist Claudias jüngster Sohn. Vierzehn Jahre alt. Seine schulischen Leistungen beunruhigen die Familie immer aufs Neue.

»Dafür ist Matti mit anderen Qualitäten gesegnet«, hat Manz seiner Mutter bereits mehrfach erklärt. »Und Claudi war in seinem Alter auch nicht gerade eine Leuchte.«

»Dass Claudi keine Leuchte ist, ist mir bekannt.«

»*War*, wolltest du sagen.«

Manz' Mutter, Ingrid, ist die in der Familie, die am meisten an Matti auszusetzen hat. Manz hegt den Verdacht, dass sich das Genörgel eigentlich auf Claudia bezieht. Das Thema war in der Familie immer gemieden worden, jetzt, wo Matti es anspricht, kommt Manz in die Klemme.

»Weißt du, Matti, das ist kompliziert, und eigentlich hat Christine mich gerade gebeten, Glühwein zu holen.«

»Es versteht ja sowieso keiner. Oma hab ich auch schon gefragt, aber die will nicht drüber reden. Ich glaube, sie hat Angst, dass deine Mutter uns hört.«

Manz ist jedes Mal irritiert, wenn seine Enkel Christine als Oma bezeichnen. Der Grund ist naheliegend: Für ihn ist seine Frau keine Oma. Gedanken kreuzen sich, das Bild von zwei Flaschen Glühwein blitzt da auch noch mit rein. Dann fällt die Entscheidung.

»Weißt du, Matti … Weißt du, was wir machen?«

»An die Elbe? Den Uferweg?«

»Wollte ich gerade sagen. Wie kommst du drauf?«

»Weil wir immer den Uferweg gehen, wenn wir über ernste Dinge reden.«

»Besser, du holst dir einen Pullover.«

»Schal und Mütze?«

»Nun mach schon.«

Matti läuft los. Es wird sicher zwei, drei Minuten dauern, bis er seinen Pullover gefunden und angezogen hat. Manz könnte also ohne Weiteres den Glühwein aus dem Schuppen holen und Christine schnell bringen. Er tut es nicht. Stattdessen dreht er den Kopf ein Stück weit nach links und sieht, was er sieht.

Die Elbe ist ein Fluss. Und wenn sie einen Tag vor Weihnachten nicht zugefroren ist, was aus Gründen der globalen … und so weiter kaum noch vorkommt, dann glitzert ihr bewegtes Wasser, wenn die Sonne gegen 14 Uhr anfängt, in flachem Winkel nach rechts unten wegzudriften.

Mit der Elbe ist es wie mit vielen Flüssen: Man erkennt eine grundsätzlich strömende Bewegung, man erkennt Wellen, es gibt kleine Strudel, und es gibt Stellen, an denen steigt das Wasser quasi wallend nach oben.

Strömungsverhältnisse in einem Fluss präzise zu berechnen ist ungefähr so einfach wie die Vorhersage des Wetters. Wobei diese Vorhersage und die dahinterstehenden Berechnungen um einiges komplexer sind als zum

Beispiel die einer Reise zum Mars, inklusive Umlauf-, Schwunghol- und Schwenkmanöver zur Weiterreise an den Rand des Sonnensystems. Noch etwas komplexer sind präzise Berechnungen und Vorhersagen, die eine durchschnittliche Familie betreffen. *Warum muss das auch immer sein? Sogar vor den Kindern.*

»Da bin ich.«

»Schöner Schal.«

»Hat Stefanie mir geschenkt.«

»Ach. Hat sie euch besucht?«

»Ja.«

»Wusste ich gar nicht. Gab es einen Grund?«

»Nur, dass sie meiner Mutter die letzte Rate zurückgezahlt hat.«

»Gott sei Dank.«

»Hat sie euch auch alles zurückgezahlt?«

»Schon vor Ewigkeiten. Na, dann mal los.«

Auf dem Weg runter zur Elbe schweigen sie. Erst als sie zweihundert Meter Uferweg hinter sich haben, setzt Manz an. Er hat sich seine Erklärung mittlerweile ein bisschen zurechtgelegt.

»Also, Matti. Deine Mutter, Claudi …«

»Wir sagen Claudia.«

»Gut. Deine Mutter jedenfalls, die war ungefähr so schlecht in der Schule wie du oder ich. Und ich glaube, das hat Ingrid damals sehr aufgeregt.«

»Warst du immer schlecht in der Schule?«

»Nein, nur bis zur zehnten. Dann hat sich in meinem Leben was geändert.«

»Was?«

»Ich war oben in Mecklenburg-Vorpommern. Aber

davon erzähl ich dir ein andermal. Jetzt hast du mich ja wegen der Streitereien gefragt. Also meine Mutter …«

»Ingrid.«

»Ja.«

»Warum benutzt ihr eigentlich nie die richtigen Vornamen?«

»Weiß ich nicht, hat sich so eingebürgert. Ingrid, das wollte ich sagen, hatte nie die Chance, auf eine Universität zu gehen. Was anfangs auch an mir lag. Und an meinem Vater, denn den gibt es ja nicht.«

»Dafür Onkel Jochen.«

Manz sieht seinen Enkelsohn an. »Ich wusste gar nicht, dass du weißt, dass es Onkel Jochen mal gab. Er ist … Moment … 2006 ist er gestorben. Wann wurdest du …?«

»2005. Mutti redet oft von ihm.«

»Von Onkel Jochen?«

»Ja. Wieso heißt er eigentlich immer Onkel Jochen? Der gehörte doch zur Familie. Auch wenn er nicht dein echter Vater war.«

»Ingrid hat ihn so genannt.«

»Ich finde sie komisch.«

»Meine Mutter findest du komisch?«

»Ja.«

»Ich auch.«

Sie sahen sich an.

Drehten dann beide ihre Köpfe und blickten schweigend ins Weite.

Draußen zog ein Lastkahn die Elbe rauf. Schwer beladen, wie es aussah. Es entstanden neue Wellen, die anderen Wellen entgegengingen. Ziemlich verwirrend, was da passierte, und nicht leicht zu durchschauen.

»Ich glaube, deine Urgroßmutter wirkt nur so komisch, weil sie so komisch redet. Als ich klein war, ungefähr bis zu deinem Alter … da war sie wirklich eine gute Mutter. Sie wusste immer, wie es weitergeht, und hat viel gearbeitet.«

»Und warum war sie nur, bis du fünfzehn warst, eine gute Mutter?«

»Na, vielleicht bis sechzehn.«

»Warum nur bis dahin?«

»Weil ich dann raus bin.«

»Arbeiten?«

»Eine Weile. Eigentlich nur fünf Wochen. Aber danach war ich dann schon fast erwachsen.«

»Wo warst du arbeiten? Ist das die Geschichte aus Mecklenburg?«

»Ja, aber du wolltest wissen, warum deine und meine Mutter sich streiten.«

»Können wir ja noch drüber reden. Wo warst du arbeiten?«

»In einem Nest. Klein-Glevitz hieß das. Das liegt in der Nähe von Waren an der Müritz.«

»Das war Ostzone. SBZ. DDR.«

»Ich denke, du bist in Erdkunde und Geschichte so schlecht?«

»Warum dahin?«

»Damals war das schon die DDR, ich glaube nicht, dass man noch Sowjetische Besatzungszone gesagt hat. Wir sagten DDR. Ich kam ja aus Pankow, das gehörte dazu. Die Grenze kam erst später, in dem Jahr, als ich da war.«

»Also warst du vor dem 13. August 61 da.«

»Wie war noch deine Note in Geschichte?«

»Schlecht.«

»Aber du weißt, wann die Mauer gebaut wurde.«

»Sachen, die mich interessieren, weiß ich.«

»Und warum interessiert dich die Mauer?«

»Weil unsere Familie da halbiert wurde.«

»Die Familie deiner Großeltern wurde halbiert, nicht deine.«

»Ja und?«

»Nun, die DDR war damals auf dem Land angeblich kaum anders als bei uns. Und für mich sowieso nicht. Für mich war der größte Unterschied der zwischen Stadt und Land.«

»Aber die Russen hatten da das Sagen. Da ist doch bestimmt keiner freiwillig hin.«

»Ich schon, weil ... Ich wollte zur Feuerwehr und dann Matrose werden.«

»Matrose? Und dafür aufs Dorf? Also, das kommt mir unlogisch vor.«

»Das stimmt natürlich. Aus deiner Sicht. Nur hab ich damals anders gedacht. Eine andere Logik, verstehst du? Und der Zufall, der spielt ja auch immer eine Rolle.«

»Und wie kamst du in dieses Nest?«

»Onkel Jochen hat mich hingebracht. Er kannte da jemanden bei der Feuerwehr. Onkel Jochen kannte überall jemanden. Er hatte viele Patienten, und wenn man was brauchte oder tauschen wollte ...«

»Hat man Onkel Jochen gefragt, und der hat seine Patienten gefragt und die Verbindung gemacht«, sagte Matti. »Wenn nötig auch in ein Nest irgendwo auf dem Land. Für den Fall, dass man Matrose werden wollte.«

»Also jetzt muss ich dich mal was fragen, Matti.«

»Ja?«

»Wie schaffst du es, so schlecht in der Schule zu sein?«

Matti wirkt ein bisschen abwesend. Sieht er so aus, wenn er sich konzentriert?

»Immer, bei allem, was wichtig ist, geht es um Onkel Jochen. Mutti redet auch so von ihm.«

»Ja, und ich glaube, da liegt auch der Grund für diesen ewigen Streit.«

»Dass Ingrid eifersüchtig ist?«

»Besser nicht.«

»Was besser nicht?«

»Ich hab das Gefühl, dass ich dir, wenn wir weiter so reden, am Ende Sachen erzähle … Es ist besser, ich halte den Mund. Glaub mir.«

»Damit, dass Ingrid nicht auf die Universität durfte, hat dieser Streit also nichts zu tun.«

»Also, du gehst da so schnell durch, als ob …«

»Wie war es denn in Klein-Glevitz? Erzähl mal.«

»Einfach so? Aus dem Nichts? Das ist fast sechzig Jahre her.«

»Es ist Weihnachten. Denk dir was aus.«

»Eine Geschichte?«

»Weihnachtsgeschichte.«

»Ich war im Sommer da. Und eine richtige Weihnachtsgeschichte, die sollte jawohl im Winter spielen.«

»War da bestimmt langweilig, oder? In Klein-Glevitz.«

»Sag, Matti, hast du schon mal daran gedacht, zur Kripo zu gehen und Leute zu verhören?«

»Warum?«

»Weil du so oft das Thema wechselst. Du bringst mich ganz durcheinander.«

»Macht man das so als Vernehmungsbeamter?«

»Schon. Früher jedenfalls.«

»Du warst Kriminaldirektor.«

»Eigentlich sogar leitender Kriminaldirektor.«

»Das ist eine hohe Position. Ich hab das gegoogelt.«

»Ja, und in meiner Zeit in Dresden, in meiner Funktion ...«

»Es war also langweilig in Klein-Glevitz.«

»Matti!«

»War es langweilig oder nicht?«

»Anfangs dachte ich das, aber dann war es doch nicht langweilig. Teilweise war es sogar richtig toll.«

»In Klein-Glevitz?«

Manz atmet tief durch. Wieder ein Lastkahn, wieder schwer beladen, wieder Wellen, die anderen Wellen entgegengehen.

»Und was war so toll?«

Maja

»Sie wird dich auf der Jawa einweisen.«

»Maja?«

Johanssons Augenbrauen kamen ein Stück weit hoch. »Du meinst, sie kann das nicht, weil sie eine junge Frau ist?«

»Nein, aber ...«

»Du klebst dich einfach hinten bei ihr drauf.«

»Wie?«

»Auf den Sozius.«

»Was ist das?«

»Du weißt nicht, was ein Sozius ist?«

»Nein.«

»Mopeds mit einer längeren Sitzbank. Vorne sitzt der Fahrer, also Maja, und hinten ihr Sozius, also du. Wobei unsere Jawa leider nur einen Gepäckträger hat. Ist ein bisschen hart, aber das wird schon gehen.«

»Und wo halte ich mich fest?«

»Du bist doch nicht dumm, oder?«

Hatte Manz in diesem Moment gelächelt? Oder hatte er einfach mit offenem Mund dagestanden? Jedenfalls wurde es so gemacht. Maja vorne, er hinten.

»Was willst du eigentlich in Waren?«

»Ich würde gerne in dem Laden fragen, was die Mädchen gekauft haben.«

»Gekauft?«

»Die eine hatte einen Zettel in der Hosentasche.«

»Zettel?« Johansson kam nicht mehr ganz mit.

»Im Zelt. Ich war im Zelt. Und ich glaube nicht, dass die beiden das Haus angezündet haben.«

»Sagt ja auch keiner.«

»Ich glaube, das sagt bald jemand.«

»Wer?«

»Der Kommissar aus Neubrandenburg.«

»Wenn er das sagt, dann auf der Basis von viel Erfahrung.«

»Kann sein, aber ich glaube, er liegt falsch.«

Johanssons Mund arbeitete ein wenig, ehe er sprach. Es sah aus, als müsste er erst noch üben. »Und das weißt du, noch ehe er überhaupt etwas gesagt hat? Liegt das an deiner langjährigen Erfahrung?«

»Mein Gefühl.«

»Dein Gefühl! Na dann … Was ist mit der Garage?«

»Schon gefegt. Den Vorplatz auch und zwei Dachziegeln hochgeschoben.«

»Die Schläuche?«

»Sind leer und richtig gelagert. Also darf ich nach Waren?«

»Ermitteln?«

»Eigentlich nur fragen, was sie gekauft haben.«

Johansson rieb sich mit der Hand übers Gesicht. Zweimal. Danach ging sein Blick Richtung Dorfplatz. Da lief gerade ein Dorfköter im Zickzack herum, die Schnauze strack am Boden. Einmal sah es fast aus, als würde er sein Bein am Kriegerdenkmal heben.

Er tat es nicht.

Ein bisschen Wind kam auf.

Es roch nach Hühnerhaltung.

Ganz oben im Blauen kreisten vier Störche.

Die Pflaumen waren überreif, einige lagen bereits zertreten im Sand.

Was auch die Wespen erklärte.

Und die Admiralfalter.

Deren Flügel klappten auf und zu.

Da endlich hatte Johansson genug gesehen, genug nachgedacht.

»Maja!«

Nichts.

»Maja!«

Sie kam aus dem Haus. *Geschlurft*, dachte Manz, als er sie sah.

»Was denn?«

»Er will mit dir nach Waren fahren.«

»Wozu?«

»Er will das eben.«

»Und kann er das nicht selbst?«

»Ich hab gesagt, er setzt sich hinten bei dir drauf.«

»Ach, ja?«

»Gibt es da ein Problem?«

»Für mich nicht, aber … ist ziemlich hart hinten. Vor allem auf Kopfsteinpflaster.«

»Er ist jung.«

»Gerade dann.«

»Er muss etwas ermitteln.«

»Seit wann ermitteln hier Schuljungen?«

»Nun lass ihm seine Freude. Auf dem Rückweg kannst du ihm dann ja mal zeigen, wie es geht.«

»Ach, ja?«

»Er wird die Jawa vielleicht noch öfter brauchen, und du willst ihn vermutlich nicht immer fahren.«

Maja sagte nichts dazu, sie sah ihren Vater nur in einer bestimmten Art an. Einer Art, die Johansson offenbar amüsierte.

»Genug geredet, jetzt fahrt mal los.«

Die Jawa 50, Typ 555 mit Dreiganggetriebe und liegend eingebautem luftgekühlten Einzylinder, deren weitere technische Details für Kenner, Liebhaber und ehemalige Maschinenbaustudenten sicher von einigem Interesse … Nun, sie war im Wesentlichen rot, und Manz saß hinter Maja. Hielt sich an ihr fest, als es losging.

Eigentlich war die Jawa nur auf 60 km/h ausgelegt. Die hier schaffte 70 und, wenn es bergab ging, noch mehr. Helme gab es in Klein-Glevitz natürlich nicht, und Maja hatte sehr lange Haare.

Manz sagt etwas, das er besser nicht gesagt hätte

Bei dem Laden, aus dem die Quittung stammte, handelte es sich um ein Geschäft für … alles eigentlich. Von der Unterhose bis zu Ersatzteilen für Traktoren.

Über der Front war noch in alten Buchstaben aus glasierten Ziegeln das Wort *COLONIALWAREN* zu lesen. Darunter hing ein Schild, auf dem stand: *GEMISCHTWARENLADEN FÜR WERKTÄTIGE*.

Das Geschäft lag am Ende einer holprigen Straße, bildete sozusagen deren Kopfpunkt.

Maja bockte die Jawa auf und brachte ihre Haare in Ordnung. »Du hast das noch nie gemacht, stimmt's?«

»Ermittelt?«

»Hinten draufgesessen auf einem Moped.«

»Warum?«

»Weil du in den Kurven immer dagegengehst.«

»Dagegen?«

»Wenn es nach links geht, legt man sich nach links in die Kurve. Du versuchst immer auszugleichen.«

»Weil ich denke …«

»Dass wir umkippen. Genau das meinte ich, als ich sagte, dass du das noch nie gemacht hast.«

»Hm.«

Majas Augen wurden etwas schmaler, das seetiefe Grün leuchtete nicht mehr ganz so stark. »Was machst du da? Schnupperst du?«

Keine Antwort von Manz.

»Du schnupperst doch.«

Rechts neben dem Laden gab es eine breite Durchfahrt in einen Hof. Dort stand ein Trecker, der gerade repariert wurde. Und wieder hatte Manz diesen Geruch in der Nase. Er hatte ihn schon hinten auf der Obstwiese der Familie Pannwitz wahrgenommen. *Auf dem Weg zum Zelt.* Dort war der Geruch nur sehr schwach gewesen, und er hatte gemeint, es sei vielleicht Heu. *Riecht aber doch nach was anderem. Würzig irgendwie.*

»Bin gleich wieder da.«

»Ich denke, du wolltest im Laden fragen.«

»Will ich auch. Dauert nicht lange. Guck dir doch schon mal die Auslagen an.«

»›Die Auslagen?‹ Du bist nicht ganz klar im Kopf, oder?«

Manz machte es wie der Hund vorhin, auf dem Dorfplatz. Nur klebte seine Nase nicht so am Boden.

Schnüffelnd erreichte er die Durchfahrt. *Ja, hier ist es stärker.*

Offenbar war sein Verhalten auffällig. Ein Mann um die vierzig sprach ihn an. »Suchst du was?«

»Dieser Geruch.«

»Was für ein Geruch?«

»Riecht ein bisschen wie Heu.«

Damit war die Konversation beendet. Der Mann zeigte auf einen offenen Lagerschuppen, in dem große Tonnen standen. Eine von ihnen war offen.

Manz ging hin und löste das Geheimnis des Geruchs. Das war nicht schwer, denn die Bezeichnung stand riesengroß auf der Tonne.

Hühnerfutter

Ja, das war's … Nur hab ich da oben bei Pannwitz gar keine Hühner gesehen.

»Wie lange dauert das noch?«

Maja stand, in recht männlicher Haltung, an der Einfahrt zum Hof. Der Wind zog dabei ihre Haare und ihren Rock strack zur Seite. Aber was wollte der Wind hier schon ausrichten? Sie wirkte unverrückbar mit ihren fetten Lederbotten.

Wie eine Statue für irgendwas.

Manz sah auch das Bild, das sich hinter ihr bot. Es wirkte fast wie der Prospekt einer Bühne, eingerahmt von der Tordurchfahrt.

Der Anblick war, im Vergleich zu Maja, nur mäßig interessant. Bauhistoriker wären da sicher anderer Meinung. Geologen und Glaziologen auch. Für die hätte das Bild, das Manz sah, Bände gesprochen.

Da Waren an der Müritz am Ufer eines riesigen Sees liegt und Mecklenburg-Vorpommern von den Endmoränen der Eiszeit geprägt ist, war auch die Straße, die auf das große Geschäft und die Tordurchfahrt zulief, leicht abschüssig. Und wie so oft in dieser Gegend hatte man die zweigeschossigen, mit rauem Putz beschlagenen Häuser etwa hundert Jahre zuvor so aufgestellt, dass die Regenrinnen dem Lauf der Straße folgten.

Graue, teils auch beigefarbene Flächen mit Fenstern, wo man eben Fenster brauchte, mehr Wille zur Gestaltung war da beim besten Willen nicht zu erkennen. Unnötig viel Geld hatte man damals offenbar nicht ausgeben wollen. Es gab keine Giebel, keinen Prunk und erst recht keine Dynamik. Das Ganze machte den Eindruck einer Straßenzeile, die existierte, weil die Menschen ja irgendwo wohnen mussten.

»Los jetzt«, sagte Maja.

Nach einem kurzen, nichts weiter ausdrückenden Blickkontakt betraten sie den Laden, wobei Manz ihr den Vortritt ließ. Eigentlich hatte er gehofft, sie würde draußen bleiben, weil … ermittelt hatte er ja noch nie. Wusste auch gar nicht, wie so was ging. Fragen wollte er stellen, mehr war es ja nicht.

»Guten Tag.«

So begann er.

»Guten Tag, der Herr.«

Die Frau hinter dem Verkaufstresen war Mitte vierzig, wirkte aber älter. Was vor allem an ihrer Kleidung lag. In Berlin jedenfalls sahen Verkäuferinnen nicht so aus. Nicht mit Schürze zum Beispiel. Jedenfalls nicht mit so einer bestickten.

»Womit kann ich helfen?«

»Ja …«

»Suchst du etwas Bestimmtes?«

Der junge Manz wurde nervös. Erstens stand Maja schräg hinter ihm, und zweitens befürchtete er, dass die Frau ihn nicht ernst nehmen würde. Sie hatte ohnehin, wie Manz fand, ein etwas mürrisches Gesicht.

»Ich komme im Auftrag von Kriminalinspektor Ragnar Johansson.«

Und schon, zack, hellte sich ihr Gesicht auf.

»Von Ragnar, na das klingt doch gut. Hallo, Maja.«

»Theda.«

»Hab dich gar nicht gesehen. Er hat so ein breites Kreuz. Wie geht's deinem Vater?«

»Alles gut.«

»So ist's recht. Du kannst ihm sagen, dass die Raketen übermorgen kommen.«

»Mach ich.«

»Und du hast dir also heute einen jungen Mann mitgebracht.«

»Er hat Fragen. Mein Vater schickt ihn.«

Theda sah sich Manz sehr genau an. Auch das kannte er in dieser Direktheit nicht aus Berlin.

»Ein junger Inspektor also.«

»Eher bei der Feuerwehr«, erklärte Manz.

»Na, so was! Worum geht's denn?«

»Ich habe Fragen, es geht um den Brand ...«

»Oben bei Pannwitz? Schrecklich. Haben hier immer ihr Hühnerfutter und ihren Dünger bestellt. Was ist denn mit den Pflanzen im Gewächshaus? Gießt die jemand?«

»Brettschneider kümmert sich drum, das hat mein Vater alles schon organisiert.«

»Ich würde gerne wissen ...«, setzte Manz an. »Es sind nur ein paar Fragen ...«

»Ja, das ist gut«, sagte Theda. »Auch wenn es ein Gewächshaus ist, muss sich jemand um die Bewässerung kümmern.«

»Natürlich«, sagte Maja. »Zum Glück haben sie keine Tiere.«

»Meine erste Frage ...«, setzte Manz an.

»Ich glaube, es gibt da in den Gewächshäusern auch

eine Beschattung. Frag Ragnar mal. Nicht, dass die Pflanzen am Ende …«

»Darf ich dann mal?«, fragte Manz nun mit einiger Schärfe.

Theda zuckte ein wenig zurück, wirkte nun aber einigermaßen konzentriert.

»Danke. Es geht um diesen Zettel.« Manz legte ihn auf den Verkaufstresen. »Da oben ist der Stempel Ihres Geschäfts. Aber dann … Ich sehe hier nur Zahlen.«

»Und?«

»Was haben die Mädchen gekauft? Und ehe Sie fragen: Ich spreche jetzt von den Töchtern des Ehepaars Pannwitz.«

»Also nach den Zahlen allein …«

»Wann waren die beiden hier? Oder war nur eine im Laden?«

»Gott, so schnell …«

»So alt sieht der Zettel nicht aus. Und so viele Töchter Pannwitz gibt es hier jawohl nicht.«

»Ja. Doch. Beide. Beide waren hier. Letzte Woche.«

»Und was haben sie gekauft?«

Sie nahm den Zettel zur Hand. »Das hier, das ist für den Kocher. Ein Benzinkocher, wie man ihn beim Zelten benutzt. Das da ist für zehn Liter Benzin. Und das für den Kanister. Darum ging es ja auch. Eine Zelttour mit dem Fahrrad, haben sie gesagt.«

»Eine Fahrradtour mit zehn Litern Benzin?«

»Ich verkaufe die Sachen nur.«

»Haben die beiden darüber gesprochen, wo sie hinwollten?«

»Nach Frankreich.«

»Mit dem Fahrrad? Das sind mindestens ... ich weiß nicht ... sechs- oder siebenhundert Kilometer.«

»So klang es aber, sie sprachen über Frankreich.«

»Hätten die Eltern der Mädchen das denn erlaubt? Die waren doch noch halbe Kinder.«

»Tja, mein Junge! Da hast du den Nagel auf den Kopf getroffen. Die Eltern Pannwitz sind ziemlich streng ... waren. Ich habe mich auch gewundert. Wie du selbst sagst: Frankreich ist nicht gerade um die Ecke.«

»Aber die beiden wollten da hin.«

»Ja.«

»Unbedingt?«

»Wie meinst du das?«

»Na, wenn Sie sagen, die Eltern waren sehr streng, und die beiden wollten ...«

»Ja, die hatten das vor. Hat mich ein bisschen gewundert, aber die schienen sich ihrer Sache sicher zu sein.«

»Wofür steht diese Zahl?«

»Frag ich mich auch gerade. Ach, doch! Ja, das war ein Reiseprospekt. Auch für Frankreich. Den musste ich aber bestellen, ist noch nicht da.«

»Aber bezahlt wurde er.«

»Ja.«

Maja schaltete sich kurz ein. »Ich seh mich ein bisschen um, das scheint ja doch länger zu dauern.«

»Mach das.«

Manz sah, dass Maja ein Stück nach rechts ging und Sachen in die Hand nahm. Nur hatte er das Gefühl, dass sie weniger an den Gegenständen interessiert war als daran, ihn von der Seite her zu beobachten.

»Ich habe mal zusammengerechnet. Was die Pannwitz-

Töchter hier bei Ihnen gekauft haben, das kostete alles zusammen siebenundzwanzig Mark fünfunddreißig. Nicht wenig, oder?«

»Der Kocher, das war ein gutes Modell, der Kanister auch. Das war einer aus Stahlblech mit Sicherheitsverschluss. Und der Reiseprospekt ...«

»Wie haben die Mädchen bezahlt? Große Scheine? Kleingeld?«

»Das weiß ich wirklich nicht mehr.«

Manz ließ sich treiben, die Fragen kamen wie von selbst. »Überlegen Sie bitte. Die beiden standen hier. Auf dem Tresen standen der Benzinkanister, der Kocher ...«

»Stimmt. Dreißig Mark. Zwei Scheine.«

Es war so, wie er angenommen hatte. Majas Augen lugten immer mal wieder kurz hinter einem niedrigen Regal hervor.

»Noch eine andere Frage. Vielleicht wissen Sie das. Mädchen im Alter von den Pannwitz-Töchtern ... Wie viel Taschengeld würden die bekommen?«

»Huch?«

»Wissen Sie es oder nicht?«

»Ich hab meiner Tochter in dem Alter eine Mark fünfzig die Woche gegeben.«

»Aber keine Scheine.«

»Nein.«

»Gut.«

»Du meinst, die beiden haben ihren Eltern das Geld geklaut?«

»Weiß ich nicht, ich sammele nur Informationen.«

Theda wechselte einen Blick mit Maja, und Manz hatte ein bisschen das Gefühl, die beiden würden ihn nicht ganz ernst nehmen. Er war sich seiner Sache ja auch alles andere als sicher. Aber es half nichts. Jetzt hatte er begonnen, jetzt musste er es auch zu Ende bringen. Wohl war ihm nicht dabei, denn er hatte die Mädchen ja entlasten wollen, und jetzt ging es um einen Kanister Benzin und eine Frankreichreise, die Theda sich bei den strengen Eltern nicht recht erklären konnte.

»Dann ist da noch dieser kleine Posten. Zwei Mark vierzig.«

»Brandpaste. Die steht da vorne.«

»Sie hatten doch schon Benzin.«

»Ja, aber sie wollten die mal ausprobieren.«

»Wofür?«

»Um ein Feuer zu machen?«

»Den Kocher kann man auf Brandpaste umstellen?«

»Wie soll das denn gehen? Benzin ist flüssig, und Brandpaste, wie der Name sagt …«

»Ja, natürlich. Danke für Ihre Hilfe.«

»Na, du bist aber wirklich sehr korrekt.«

»Weil Johansson präzise Ergebnisse wünscht.« Manz sah zu Maja rüber. »Brauchst du noch was?«

»Wie?«

»Wo wir schon mal hier sind. Brauchst du noch was?«

»Spinnst du?«

»Also nichts. Gut, dann erst mal danke, Frau …«

»Einfach Theda.«

»Wenn noch was ist, komme ich zurück.«

»Dann aber in einem anderen Ton, wenn's geht.«

Der junge Manz produzierte ein Lächeln, das aussah, als hätte er lange dafür geübt.

Vor dem Laden gab es erst mal einen Anpfiff von Maja.

»›Guck dir doch schon mal die Auslagen an.‹ ›Brauchst du noch was!‹ Mit dir ist es gerade ein bisschen durchgegangen, oder?«

»Hätte doch sein können.«

»Du redest, als ob wir seit zehn Jahren verheiratet wären.«

»Was für Raketen?«

»Hörst du mir zu?«

»Sie hat gesagt, die Raketen wären bald da.«

»Als ob ich deine Frau wäre oder deine Freundin.«

Irgendwie überkam Manz ein Gefühl von Heiterkeit. Irgendwie hatte er Lust, Maja zu ärgern. »Verheiratet, sagst du?«

»Sind wir aber nicht. Werden wir auch nie sein. Und deine Freundin bin ich schon lange nicht.«

Das saß. Das machte ihn ein bisschen bedrückt, nachdem er sich grade noch so gut und heiter gefühlt hatte.

Lange dauerte das Leid nicht, denn Manz wurde mit dem Anblick eines seltenen Autos belohnt. Ein Mercedes Benz 136 noch aus der Zeit des Kriegs fuhr an ihnen vorbei. Vorne saßen zwei Männer mit Hüten, die nicht so aussahen, als kämen sie aus der Gegend. Und hinten saß einer ohne Hut, der dem Gesicht nach zu urteilen vermutlich ziemlich fett war.

»Jetzt komm.«

»Ich soll mich also in Kurven in die gleiche Richtung legen wie du?«

»Wehe, du sagst noch mal so was.«

»Vorhin hast du noch gesagt, ich soll mich in Kurven ...«

»›Brauchst du noch was!‹ Du spinnst doch!«

Auf der Rückfahrt war es dann wie auf der Hinfahrt. Sein Arsch, und nicht nur der, tat ihm weh auf dem harten Gepäckträger, und er hatte wieder ihre Haare im Mund. Eins allerdings war anders. Maja fuhr mit Absicht durch jedes Schlagloch.

Birnen, Bohnen und Speck

Zurück in Klein-Glevitz sagte Manz: »Danke fürs Fahren.«

Und Maja sagte: »Ich hätte dich laufen lassen sollen.«

»Ist dir zu spät eingefallen?«

»Was willst du eigentlich?«

»Was ich will, weiß ich nicht, aber jetzt wissen wir schon mal, was die Pannwitz-Töchter gekauft haben.«

»Na, prima.«

Im Haus wartete Johansson mit dem Mittagessen.

»Was ist das?«

»Birnen, Bohnen und Speck.«

Was Manz auf die Frage brachte, ob es wohl auch eine Frau Johansson gab. *Vielleicht in Schweden. Oder gestorben.*

Beim Essen wurde weitgehend geschwiegen. Und zwar so auffällig, dass Johansson schließlich fragte: »Habt ihr euch gestritten?«

Beide schüttelten den Kopf.

Maja verschwand gleich nach dem Essen. Sie sagte aber noch etwas zum Abschied. »Er kann abräumen und abspülen. Ich bin ja schon gefahren.«

»Und worüber habt ihr euch gestritten?«, fragte Johansson, als Maja weg war.

»Über gar nichts. Sie war plötzlich so.«

»Komisch. Maja neigt eigentlich gar nicht zu schlechter Laune.«

Manz ging nicht weiter darauf ein. Wie hätte er Johansson auch erklären sollen, dass es an einem Satz lag. ›Brauchst du noch was?‹ Und was daran nun falsch sein sollte, wusste er selbst nicht.

Davon abgesehen gab es Wichtigeres zu besprechen als Majas Stimmung.

»Die Pannwitz-Töchter haben einen Kocher fürs Zelten gekauft, Brandpaste, einen Kanister und zehn Liter Benzin. Außerdem einen Reiseprospekt für Frankreich. Im Zelt lag auch so was. Nur älter. Mit dem Rad wollten sie los.«

»Die beiden hatten vor, eine Radtour nach Frankreich zu machen?«

»Ziemlich weit für zwei Mädchen in dem Alter. Außerdem haben sie noch Brandpaste gekauft.«

»Und du schließt daraus, dass sie mit dem Benzin das Haus angezündet haben?«

»Nein, ich fand etwas anderes interessanter. Die Verkäuferin sagte, die Eltern seien wohl ziemlich streng gewesen. Wer könnte uns sagen, ob das stimmt?«

»Du bist ja flott dabei.«

»Das Beste wäre wohl, wir würden die beiden einfach fragen.«

»Ich glaube nicht, dass das das Beste wäre. Erstens sind Befragungen von so wichtigen Zeuginnen Sache von Krogmann.«

»Also machen wir gar nichts?«

»Bleib mal ruhig, Junge.«

In Manz' Kopf begann wieder das Kreisen. Begleitet von einer bis jetzt nur leichten Erwärmung.

Zum Glück blieb es bei einem leichten Kreisen, denn Johansson hatte eine Idee. »Wenn man etwas Brauchbares über jemanden rauskriegen will, dann fragt man besser andere.«

»Als Krogmann.«

»Zum Beispiel.«

»Aber wen?«

»Na, ich würde sagen, ihre Lehrerin. Die sind ja sicher in Faulenrost zur Schule gegangen.«

»Dann los.«

»Mal nicht so schnell.«

»Was soll denn stattdessen passieren? Einfach abwarten?«

»Abräumen und abwaschen. Du hast Maja gehört.«

Johansson war dann aber doch einigermaßen beeindruckt von Manz' Engagement. Also versprach er, am nächsten Morgen mit ihm zur Schule nach Faulenrost zu fahren.

Am Abend kam Manz dann ziemlich in Bedrängnis. Er war mit Maja nach Waren gefahren, um irgendwas zu finden, was die Mädchen, die seiner Meinung nach niemals hätten weggebracht werden dürfen, entlastete. Er hatte ihre Unschuld beweisen wollen. Und was war rausgekommen bei seinem Engagement? Sehr viel Benzin. Ein Kanister. Und Brandpaste. Außerdem hatten die Mädchen mit großen Scheinen bezahlt. Nach gespartem Taschengeld sah das nicht aus.

Zuerst hatte er überlegt, Johansson das Ergebnis seiner Ermittlung einfach zu verschweigen. Aber was immer da auch in ihm wirkte, er hatte es nicht geschafft.

Was nichts daran änderte, dass Manz auch weiterhin vorhatte, die Mädchen ... *Hoffentlich kommt bei der Befragung der Lehrerin was Gutes raus.*

Frau Langhoff hinter den goldenen Feldern

Weizen.

Johanssons blitzneuer Schnelltransporter, ein Barkas B 1000, kam mit dem Weg zwischen den endlosen Weizenfeldern ganz gut zurecht, wie Manz fand.

»Besser jedenfalls als Majas Jawa. Die rumpelt ganz schön.«

»Ja, die Aufhängung der Hinterradschwinge und auch die Federung selbst, das waren nicht gerade Geniestreiche der Ingenieure«, erklärte Johansson mit gebotenem Ernst. »Der Barkas dagegen ... da kommen die von Ford oder VW nicht mit, was das Fahrgestell angeht.«

»Und was bedeutet Barkas?«

»Blitz!«

»Blitz?«

»Blitz.«

»Na, jedenfalls hat dein Barkas keine Probleme auf diesen Holperwegen.«

»Weil ich ihn mit halbem Reifendruck fahre.«

»Halber Reifendruck?«

»O ja.«

»Gemäßigter Reifendruck«, schlug Manz vor.

»Gemäßigter Reifendruck.«

Golden flimmernde Felder unter brennender Glut. Darüber schwebheiße Schichten aus schwellender Luft. Und noch mal darüber viel Blau, teils weiß von Wolken betupft.

»Alter Schwede! Wird dir nie schlecht?«

Totale, sehr breit. Winkelverschiebung. Gut gesetzte Impressionen in gleichmäßig pulsendem Licht. Und mittendrin in diesem horizontweiten goldgelben Gold der graublaue Barkas.

Zwei Männer in einer Fahrerkabine. Worte. Hin und wieder ein feistes Grinsen. Während der Barkas durch teils heftige Mulden wippte, als wären sie auf offener See.

»So macht man das?«

»Wie sonst?«

»In Schweden auch? Warum seid ihr eigentlich nach Klein-Glevitz gezogen?«

»Wir sind nicht hergezogen. Ich wurde hier geboren. Genau wie mein Vater und mein Großvater.«

»Aber Johansson klingt so schwedisch, und Maja …«

»Nicht alle Mädchen mit blonden Haaren kommen automatisch aus Schweden.«

»Ich meinte den Namen.«

»Mein Urgroßvater kam 1868 …«

»So lange seid ihr schon hier?«

»Es gab damals in Schweden eine Hungersnot, weil die Ernte kaputtging. Also sind viele hierher geflüchtet. Für die Mecklenburger kamen die gerade recht, denn denen waren in den Jahren zuvor auch viele abgehauen. Nach Übersee. Amerika zum Beispiel.«

»Also die von hier gingen nach Amerika, und ihr Schweden kamt her. Da waren dann ja viele unterwegs.«

»Richtig. Dass aus Mecklenburg so viele ausgewandert sind, lag natürlich daran, dass die Grund- und Gutsbesitzer sie bis auf die Knochen ausgebeutet haben. So was würde heute zum Glück nicht mehr passieren.«

»Weil das im Sozialismus nicht mehr möglich ist.«

»Genau.«

Kurze Unterbrechung, der Barkas schwang sich durch drei tiefe Täler.

»Du glaubst an den Sozialismus, oder?«, fragte Manz.

»Die beste Regierungsform. Die Gerechteste vor allem.«

»Und der Kommunismus?«

»Gefällt dir nicht?«

»Doch. Meine Mutter ist extrem dafür. Meine Lehrer auch. Nur Onkel Jochen nicht. Der sagt: SPD.«

»SPD!« Johanssons grundehrliches Lachen über dem großen Lenkrad. »Na gut, dein Onkel fährt ja auch ein Mercedes Cabriolet.«

»Er sagt, der Kommunismus würde mich in eine Enge führen, aus der ich nie wieder rausfände. Was könnte er damit meinen?«

»Da vorne ist es.«

Das Gebäude wirkte riesig, der Mitteltrakt war deutlich höher als die beiden symmetrisch angeordneten Flügel.

»Ist das eins von den Gutshäusern, von denen du eben erzählt hast?«

»Ein Schloss.«

»Ziemlich kaputt, oder?«

»Mit der Pflege von Schlössern ist das so eine Sache.«

»Trotzdem. Dass es hier, zwischen nichts als Feldern, ein Schloss gibt …«

Der Barkas fand seinen Weg. Niemand schien etwas dagegen zu haben, dass man direkt bis zum Eingang fuhr.

»Dann wollen wir mal sehen, was die Lehrerin sagt. Steck dir bitte dein Hemd rein.«

Die Tür war zweiflüglig, schwer und sehr hoch.

»Auch hier drinnen ist das ganz schön kaputt.«

»Da war zur Zeit der Nazis erst der weibliche Arbeitsdienst drin und später polnische Kriegsgefangene.«

»Und die haben das so kaputtgemacht?«

»Ich weiß gar nicht, ob hier so viel kaputtgemacht wurde. In dem Gemäuer war so einiges drin, nur schon lange kein Schlossherr mehr.«

»Hast du mal Fontane gelesen?«

»Nein, Manz, hab ich nicht.«

»Und wo sind die Schlossherren hin?«

»Verarmt. Alles verkauft. Davon abgesehen … Du weißt, wie man bei uns über Schlossherren denkt?«

»Nicht so positiv.«

»Nicht so positiv, das hast du schön gesagt.« Johansson sah sich Manz noch mal etwas genauer an. Der meinte, sich erklären zu müssen.

»Onkel Jochen hat mir auf der Fahrt einiges erzählt.«

Das war gelogen. Onkel Jochen hatte nur ein paarmal die etwas tendenziösen Worte »sowjetische Besatzungszone« gesagt und ihm geraten, später niemals die Kommunisten, sondern die SPD zu wählen. Außerdem hatte er bei zwei, drei Gelegenheiten den Zustand der Straßen kommentiert. Und da hatte einiges nicht besonders gut geklungen.

Sie fanden die Lehrerin der Pannwitz-Töchter in einem Klassenraum von so protziger Größe, dass sich die vier Reihen Schulbänke darin völlig verloren. Putzplacken lagen auch hier auf dem Boden. Allerdings nicht so viele wie im Pannwitz'schen Haus. Der Raum, das war nicht zu übersehen, durchlief gerade eine Metamorphose, jedenfalls waren Wände und Raumdecke dabei, sich zu häuten. Offenbar bestanden sie aus mehreren Schichten.

Manz sprach dann auch gleich aus, was man nicht hätte aussprechen müssen, da es mehr als offensichtlich war. »Das ist ja riesig hier. Aber auch ziemlich vergammelt.«

»Fünfte bis neunte Klasse«, erklärte ihm die Lehrerin, Frau Langhoff, in einem Tonfall, als sei das die beste Erklärung für den Zustand des Raums. »Die erste bis vierte Klasse wird im ehemaligen Spiegelsaal nebenan von meinem Mann unterrichtet.«

»Alle Kinder von der fünften bis zur neunten in einem Raum?«, fragte Manz.

»Die Schule in Malchin wird gerade renoviert. Nach den Sommerferien gehen sie da wieder hin.«

»Ist das nicht ganz schön weit?«, sagte Manz.

»Nicht mit dem Bus.«

»Ach so. Und da hat dann wieder jede Klasse ihren eigenen Raum?«

»Ja, natürlich.« Frau Langhoff reichte es mit Manz' Fragen zur Schule, sie sah Johansson an. »Es geht um den Brand, nehme ich an.«

»Richtig. Wir würden gerne mit Ihnen über die Töchter des Ehepaars Pannwitz sprechen.«

»Was wird denn jetzt aus den beiden? Wo sind sie?«

»In Waren, in einer … Unterkunft.«

»Unterkunft?«

»Da kümmert man sich um sie. Die Polizei braucht ja noch ihre ausführlichen Aussagen. Davon abgesehen, nehme ich an, wird nach Verwandten gesucht, bei denen sie unterkommen können.«

Frau Langhoff fing an, Stühle auf Tische zu stellen. Und sie tat das in einer Weise, als ginge es weniger ums Hochstellen als darum, Zeit zu gewinnen. Jedenfalls kam es Manz so vor, als sei Frau Langhoff nicht wohl bei der Sache. »Ist denn mit dem Brand irgendwas unklar?«, fragte sie schließlich. »Besteht ein Verdacht gegen Kirsten und Hilla?«

»Bis jetzt liegt nichts Konkretes vor«, log Johansson, denn sie waren ja hier, weil die Mädchen Benzin und Brandpaste gekauft hatten. »Wir wollen uns erst mal ein Bild machen.«

Manz dauerte das alles zu lange. »Wie waren die beiden denn so?«, fragte er, als wären er und Johansson ein Team. So viel Team waren sie aber nicht. Johansson jedenfalls warf Manz einen Blick zu, der bedeutete, dass er still sein solle.

Frau Langhoff konzentrierte sich, was sich daran zeigte, dass sie aufhörte, Stühle auf Tische zu stellen.

»Bis zur vierten Klasse deutete nichts darauf hin, dass den beiden etwas fehlt. Aber dann wurden sie immer stiller. Und nach einer Weile wurde Hilla aggressiv. Hilla ist die Größere. Die beiden sind nur ein Jahr auseinander, aber Hilla wirkt deutlich älter. Nicht nur wegen der Größe.«

»Und aggressiv heißt …?«

»Sie war ständig gereizt. Fühlte sich schnell missverstanden oder angegriffen und hat ihre Mitschülerinnen malträtiert.«

»Geschlagen?«

»Den Arm umgedreht. Das ist ihre Spezialität, wenn ich so sagen darf. Sie hat sich in vielem wie ein Junge aufgeführt.«

»Also leicht reizbar.«

»Manchmal reichte es schon, dass eine sie ansah.«

»Verstehe.«

»Wenn ich sie zur Rede gestellt habe deswegen, hatte sie sofort eine Ausrede parat. Ich glaube, das fand ich am beunruhigendsten. Hilla schien viel Übung darin zu haben, sich zu verteidigen.«

»Vielleicht das Alter? Mädchen mit fünfzehn, sechzehn …«

»Nein, das war etwas anderes. Hilla fing dann ja auch an, andere zu beklauen. Kann sein, dass ihre kleine Schwester, Kirsten, da auch mitgemacht hat. Solche habe ich alle paar Jahre mal. Meist sind es natürlich Jungen, die so aus der Form geraten, aber … das werden Sie als Polizist wissen, einmal von der Leine, sind Mädchen sehr viel schwerer wieder einzufangen als Jungen.«

»Ach.«

»Nun, das liegt an einem veralteten Verständnis von Erziehung. Mädchen werden anders geregelt. Man baut eher auf ihre Vernunft. Für Hilla tut es mir ein bisschen leid. Sie wurde, wenn Sie so wollen, einfach ein paar Jahre zu früh geboren.«

»Wieso das?«

»Die Erziehungswissenschaften in unserem noch jungen Land machen gerade enorme Fortschritte. In fünf, vielleicht zehn Jahren haben wir eine wissenschaftlich fundierte Basis, um zu entscheiden, was in solchen Fällen zu tun ist.« Sie strich sich mit einer beiläufigen Bewegung eine Haarsträhne aus dem Gesicht. »Ich gehöre, wie Sie sich denken können, zu den Neulehrern. Unsere Ausbildung war kurz, meine pädagogischen Kenntnisse sind begrenzt.«

Johansson wirkte etwas ratlos. »Woran könnte es gelegen haben, dass Hilla so von der Leine ging, wie Sie sagten.«

Wieder entstand eine längere Pause. Aber das lag, wie Manz sofort erkannte, nicht daran, dass sie nach Worten suchte. Frau Langhoff zögerte, weil sie sich in der Klemme fühlte. Sie griff auch schon wieder nach einem Stuhl.

»Angst«, sagte sie schließlich. »Jedenfalls bei Hilla. Kirsten hatte offenbar alles halbwegs unbeschadet überstanden.«

»Was meinen Sie mit *alles*? Wovor hatte Hilla Angst?«

»Na, vor den Eltern.«

»Zu streng?«

»Ich habe einige Schülerinnen mit strengen Eltern. Hier lag etwas anderes vor.«

»Sie glauben, der Vater hat seine Töchter … Er war unsittlich?«

»Den Eindruck hatte ich nicht.«

»Die Mutter?«

»Ich bin Lehrerin, keine Psychologin.«

»Bitte! Es nützt niemandem, wenn Sie die Eltern schützen. Zumal sie tot sind.«

Sie ließ den Stuhl los, sie war nun entschlossen.

»Beide Eltern. Aber mit Missbrauch oder körperlicher Züchtigung, so wie Sie sich das denken, hatte es, glaube ich, nichts zu tun.«

»Womit dann?«

»Wenn ich mit dem Vater oder der Mutter alleine sprach, lief das meist ganz vernünftig ab. Aber zusammen ... Es hatte nach außen hin wirklich nichts mit Aggressivität zu tun, sondern ... Das werden Sie falsch verstehen.«

»Versuchen Sie es.«

»Zwischen den Eltern herrschte eine wirklich sehr weit gehende Symbiose. Es war, als ob die Mädchen gar nicht zur Familie gehörten oder irgendwie fehlerhaft seien.«

»Also keine Gewalt, Ihrer Meinung nach.«

»Keine physische oder sexuelle Gewalt.«

»Vernachlässigung?«

»Ja. Aber nicht nur.«

»Sie meinen also doch, dass der Vater ... Ist der seinen Töchtern zu nahe gekommen?«

»Ich hatte nicht den Eindruck, aber woher soll ich das wissen? Ich jedenfalls habe mich nach dem ersten Gespräch mit dem Ehepaar Pannwitz nie wieder auf den Hof getraut. Die Stimmung im Haus, die Eheleute ... Für mich fühlte es sich an, als sei da bereits etwas auf das Haus übergegangen.«

»Das meinen Sie doch hoffentlich nicht ernst.«

»Wie gesagt, ich bin nur Hillas und Kirstens Lehrerin. Aber wegen dieser Einflüsse, die ganz offensichtlich einen extrem schlechten Einfluss vor allem auf Hilla hatten, habe ich mich schon vor einiger Zeit an die Schulbehörde gewandt und darum gebeten, dass sie untersucht wird. Körperlich und auch, was ihren geistigen Zustand angeht.«

»Was war mit Kirsten?«

»Die schien mir wie gesagt aus alldem unbeschadet hervorgegangen zu sein. Solche gibt es immer mal wieder. Da kann passieren, was will, die schaffen das. Ich glaube, ohne den Beistand ihrer kleinen Schwester wäre Hilla noch viel weiter abgerutscht. Das war ein komisches Verhältnis zwischen den beiden. Ein bisschen wie bei den Eltern. Sie waren wirklich sehr eng miteinander. Kirsten hat immer versucht, Hilla vor allem zu schützen.«

Auf der Rückfahrt nach Klein-Glevitz wirkte Johansson ziemlich irritiert. »Was ist da im Haus passiert?«

Auch Manz hatte keine Vorstellung, also schwieg er.

»Eine sonderbare Lehrerin«, entschied Johansson schließlich. »Gehört zu den *Neulehrern*! Weißt du, was das Wort bedeutet?«

Natürlich wusste Manz das. Jeder, der auf die Wilhelm-Piek-Oberschule ging, wusste das. »Solche, die neu sind. Neu ausgebildet und nichts mit den Nazis zu tun hatten.«

»In manchen Fällen war das eine sehr kurze Ausbildung«, sagte Johansson.

Dann schwieg er eine Weile.

Dann sagte er: »Abkürzung.«

Er bog ab, und der Barkas-Schnelltransporter schaukelte mal wieder über einen Feldweg.

So bedeutsam das, was Frau Langhoff über ihre Schülerinnen gesagt hatte, auch wirkte, es war nichts anderes als eine Meinung. Dieser Gedanke stand plötzlich in Manz' Kopf. *Nichts als eine Meinung.*

Er wunderte sich über sich selbst. Bis vor ein paar Tagen hatte er noch nie ernsthaft über so was wie Brandstiftung, Polizei oder gar Ermittlung nachgedacht.

Die Sache, in die er da reingerutscht war, so kam es ihm vor, hatte zwei Seiten. Auf der einen war es beunruhigend zu erfahren, dass auf dem Hof der Familie Pannwitz möglicherweise schlimme Ereignisse stattgefunden hatten. Aber es gab noch eine andere Seite. Bei der ging es nicht um Neugier oder darum, etwas herauszukriegen. Es war einfach interessant zuzuhören.

Zuhören und sehen, wie sie sich bewegen, wie sie gucken …

So gesehen hatte ihn Johanssons Vernehmung nicht besonders überzeugt. Denn der schien bei der Befragung der Lehrerin eine Meinung gehabt zu haben. Was Manz mit Zuhören meinte, das war nur genau das, was das Wort sagte. Und da passte eine Meinung nicht rein.

Der Barkas schaukelte noch immer über den Feldweg, Johansson schwieg. Und da fragte Manz plötzlich … und er hätte nicht mal sagen können, warum, der Gedanke war wie aus dem Nichts gekommen:

»Hier in der Gegend. Schließen die Leute ihre Türen da nachts eigentlich ab?«

»Selten«, hatte Johansson geantwortet.

»Timo meint, als er rein ist …«

»Dieser Idiot! Ich hatte noch extra gerufen: Schwelbrand. Hab ich doch, du warst dabei.«

»Ja, ›Schwelbrand‹ hast du gerufen.«

»Timo hätte wissen müssen, dass man in so einem Moment nicht die Tür aufreißt, keinen Sauerstoff ranlässt.«

»Kann sein, aber … Er meinte, die Tür sei nicht mal richtig zugezogen gewesen. Warum sagt er das extra, wenn die Leute hier ihre Türen sowieso nicht abschließen?«

»Na, warum wohl? Weil er irgendwas sagen wollte, das seinen Fehler erklärt.«

»Hm.«

Während sie weiterfuhren, ging Manz alles, was er in der sonderbaren Schlossschule erlebt hatte, noch einmal durch den Kopf. Und er wunderte sich, wie genau er sich an alles erinnerte. Der Raum. Das Licht. *Der Geruch. Die Stühle, die Frau Langhoff auf den Tisch gestellt hat.* Fast kam es ihm vor, als ließe sich schon daraus etwas ableiten.

In diesem Moment ereignete sich so etwas wie ein magischer Zeitsprung.

Der junge Manz lächelte.

Es dauerte nur vier, vielleicht sechs Sekunden, dann zog das Lächeln sich ganz langsam wieder zurück. An diesem Lächeln war etwas dran, weil … Normalerweise macht ein offenes, unwillkürliches Lächeln, wie dieses eben, einen Menschen jünger. Hier war das Gegenteil der Fall, denn für einen kurzen Moment hätte man in dieser Führerkabine des Barkas schon mal einen Eindruck davon bekommen können, wie Manz in einigen Jahren aussehen würde. Oder anders gesagt: Für ein paar Sekunden war der junge Manz nicht mehr der junge Manz gewesen.

»Mir fällt gerade noch was ein. Hab ich ganz vergessen zu sagen.«

»Was?«, fragte Johansson.

»An dem Tag, als das Haus abbrannte, als alle warteten, dass die Mauern sich abkühlen, da war ich doch im Zelt …«

»Hast die Quittung gefunden.«

»Das auch, aber … Da hat sich nur eine von den Pannwitz-Töchtern umgezogen. Da war nur die Kleidung von einer. Die andere muss sich schon im Haus umgezogen haben. Ich weiß nicht, ob das wichtig ist …«

»Ich werde es in meinen Bericht aufnehmen.«

»Wofür schreibst du den? Fürs Gericht?«

»Für Krogmann.«

»Warum ermittelst du nicht selber? Du gehörst doch auch zu denen.«

»Ich bin nur ein Dorfpolizist. Meine Aufgabe ist es, Kommissar Krogmann zu unterstützen.«

»Aber bei der Feuerwehr, da bist du der Chef.«

Johansson lachte. Und sein Lachen war ansteckend. Also öffnete Manz das Fenster und blickte raus über die gelben, noch nicht abgeernteten Felder. Die Luft war warm und mit irgendeiner Art von Energie aufgeladen. Und an dieser Energie sättigte sich Manz' Körper in einer Weise, als hätte er lange darauf gewartet.

Am späten Nachmittag allerdings erlebte er dann einen Schock. Ein Mann, Mitte zwanzig, war auf den Hof gefahren und hatte Maja abgeholt. Sie hatten sich neben seinem Auto geküsst.

Die Tür

Abends saß Manz auf der Fensterbank in seinem Zimmer. Die Luft war lau, es roch süßlich. *Irgendwelche Blüten.* Grillen zirpten.

Er lauschte.

Konzentrierte sich.

Keine Vögel.

Manz hatte seine Flasche Bier beinahe geleert. Mit seinen sechzehn war er noch nicht viel gewohnt.

Und doch ... trotz Bier, trotz einer lauen, süßlichen Luft, trotz der Grillen war er nicht müde. Was die Lehrerin in der Schlossschule gesagt hatte, war beunruhigend. Sie hatten es mit zwei Schwestern zu tun, bei denen etwas gewaltig aus dem Ruder gelaufen war.

Wirklich? Nur eine Meinung vielleicht. Ich glaube, die Lehrerin mochte die Mädchen nicht, und die Haustür ...

In Manz' Kopf ging einiges um, während er auf der Fensterbank saß. Johansson und der Brandmeister aus Faulenrost hatten festgestellt, dass es Brandstiftung war. Jemand hatte außen Benzin gegen die Hauswand gespritzt und auch innen welches auf dem Boden ausgeschüttet. *War also im Haus. Was stimmen könnte, weil Timo ja sagte, die Tür sei nicht abgeschlossen gewesen.*

Und doch leuchtete Manz das Vorgehen des Täters nicht ein. *Niemand zündet außen ein Haus an, geht dann rein, auch noch mit einem Benzinkanister, um es innen anzuzünden, aber ... Wenn es umgekehrt war, wenn er drinnen auf den Holzdielen schon Benzin ausgeschüttet hatte, warum dann auch noch draußen gegen die Wand? Draußen, das würde man machen, wenn man nicht ins Haus kann. Warum an beiden Stellen?*

Ein letzter Schluck, dann war die Flasche leer. Manz stellte sie neben sich auf die Fensterbank, ohne es zu registrieren.

Timo hat einen Fehler gemacht, als er die Haustür aufriss. Sonst hätten Johansson und seine Leute das Haus vielleicht retten können. Eigentlich, so überlegte Manz, nachdem er vergeblich versucht hatte, aus der leeren Flasche einen letzten Schluck Bier zu nehmen. *Eigentlich hätte sich jemand die Tür genauer ansehen müssen.* Da bestand ein sonderbarer Widerspruch, fand er. *Die Lehrerin darf sagen, was sie denkt und glaubt, aber die Tür hat sich niemand richtig angesehen.*

Weiter kam Manz nicht an diesem Abend.

Kommissar Krogmann hat eine Vorstellung

Am nächsten Morgen kam noch mal …

»Krogmann.«

»Ah, Sie«, sagte Johansson. »Sie wollen sich sicher das abgebrannte Haus ansehen.«

»So ist es.«

Krogmann war noch jung und hatte, wie Manz bald feststellte, trotz seiner Jugend keinen Humor. *Stock im Arsch und oben wackelt der Kopf.* So beschrieb Manz' Mutter solche wie Krogmann.

Und falsch lag sie nicht damit. Allein wie Krogmann ständig die Umgebung im Auge zu haben schien. *Der Hut!* Der komische beigefarbene Regenmantel, den Krogmann selbst bei 25 Grad nicht ablegte, die Angewohnheit, hin und wieder *teils mitten im Satz!* den Kopf ruckartig ein Stück zu drehen, *als lauerte neben oder hinter ihm eine große Gefahr.*

Johansson sah das anders, wie er Manz später erklärte.

»Krogmann ist ein neuer Typus von Kommissar. Die arbeiten wie Wissenschaftler. Sehr schnell im Kopf. Und solche, die schnell im Geiste sind …«

»Die wackeln mit dem Kopf?«

»Nicht alle, aber die sind manchmal ein bisschen nervös.«

»Und wozu braucht ihr hier in Mecklenburg einen neuen Typus?«

»Um den alten abzulösen. Auch das hat etwas mit dem Krieg und den Nazis … Ach komm, Junge, lass dir das von deinem Vater erklären.«

»Du meinst Onkel Jochen.«

»Von mir aus. Über das Große und Ganze zu urteilen, überlasse ich gerne anderen.«

»Weil du Schwede bist.«

»Das hast du sehr gut gesagt. Nein wirklich! Sehr gut gesagt.«

Krogmann war also nach Klein-Glevitz gekommen, und lange bleiben wollte er nicht.

»Haben Sie schon mit Hilla und Kirsten gesprochen?«, fragte Johansson, nachdem Krogmann Kaffee und Bienenstich abgelehnt hatte.

»Wie man so will.«

»Und das bedeutet?«, fragte Johansson, indem er den Kopf ein wenig neigte.

»Stumm wie zwei Fische.«

»Sie haben kein Wort gesagt?«

»Nur, dass sie im Zelt geschlafen haben und aufgewacht sind, als die Feuerwehr kam.«

»Könnte es nicht so gewesen sein?«

»Fünfzig Meter von ihrem Zelt entfernt brennt ein Haus ab, mit Flammen, die vermutlich sechs, acht Meter hoch loderten, und sie schlafen? So ein Feuer ist keine lautlose Angelegenheit, als Leiter der Freiwilligen Feuerwehr werden Sie das wissen. Vom Qualm mal ganz abgesehen. Außerdem liegt mir ein Schreiben ihrer Lehrerin vor, in dem sie die Schulbehörde darum bittet, den Geisteszustand der älteren …«

»Hilla.«

»Dass der untersucht wird. Offenbar hat sie bereits vor einiger Zeit kriminelle Neigungen entwickelt.«

»Sie haben mit Frau Langhoff gesprochen?«

»Telefoniert.«

»Und die sagte: ›kriminelle Neigungen‹?«

»Das Gespräch war sehr aufschlussreich. Können wir los?«

»Natürlich.«

Sie holten noch den Brandmeister aus Faulenrost ab und fuhren dann zum Pannwitz-Hof.

Für Krogmann, das war schnell klar, standen die Pannwitz-Töchter unter dringendem Verdacht, das Haus ihrer Eltern angezündet zu haben. Was das anging, das musste Manz nun feststellen, wirkte sich zum Nachteil der Mädchen aus, was er in Waren herausgefunden hatte.

»Benzin gekauft, Brandpaste gekauft …«, hörte er Krogmann sagen.

Offenbar war das Ergebnis seiner Recherche bereits in die Untersuchung eingeflossen.

Krogmann erwähnte vor Ort erneut das Schreiben der Lehrerin, die ein halbes Jahr zuvor um eine ärztliche Untersuchung von Hilla Pannwitz gebeten hatte.

»Schwer gestört und hochaggressiv …«, hörte Manz Krogmann sagen.

In der Schlossschule hatte das noch geklungen, als wäre die Bitte um Untersuchung eine fürsorgliche Maßnahme von Frau Langhoff gewesen. Aus Krogmanns Mund klang es wie ein Beweis dafür, dass mit Hilla etwas nicht stimmte, dass ihr alles zuzutrauen war.

»Lange aufgestauter Hass …«, hörte er Krogmann sagen.

Und da passierte es wieder. Während Manz zwei Meter neben Krogmann, Johansson und dem Brandmeister aus Faulenrost stand … tauchte er ein. Diesmal waren es nicht Szenen aus einem Zelt, er sah den Klassenraum der Faulenroster Schlossschule vor sich. Allerdings ohne Kinder, ohne Lehrerin, ja sogar ohne Schulbänke und Stühle.

›Die erste bis vierte Klasse wird im ehemaligen Spiegelsaal nebenan von meinem Mann unterrichtet …‹, hatte Frau Langhoff ihnen erklärt. Und so tauchte auch dieser Raum auf. Dann der Gang vor den Räumen und einiges mehr. Es kam dem jungen Manz vor, als wollte sich das ganze Schloss in ihm ausbreiten. Er hatte nicht darum gebeten.

Spiegelsaal, wie der wohl jetzt aussieht …

Nun, ein Spiegelsaal ist ein Spiegelsaal. Aber es war ja auch gar nicht so, dass das alles in Manz' Kopf passierte, weil es hier ein Geheimnis zu lüften galt. Es war nur eine Stimmung, die sich da in Manz breitmachte. Und das Besondere an dieser Stimmung hatte nichts mit einem Geheimnis oder gar einem Gedanken zur Aufklärung zu tun, es war einfach nur, dass eine große Kraft von ihr ausging, die sich auf Manz übertrug. Und wie beim letzten Mal spürte er ein Gefühl der Ruhe und Sicherheit. Diese Ruhe hatte eine unerwartete Wirkung. Die Gedanken des jungen Manz machten einen Sprung, und er unterbrach Krogmann mitten in seinen Ausführungen.

»Was ist mit der Tür?«

Krogmanns Kopf flog herum. »Was soll damit sein?«

»Ist die inzwischen untersucht worden?«

»Wer ist das?«

Krogmanns Frage ging zwar an Johansson, aber Manz antwortete selbst.

»Manz«, sagte er.

»Manz«, wiederholte Krogmann. »Was soll mit der Tür sein?«

»Sie war angeblich nicht abgeschlossen, ja nicht mal zugezogen. Es konnte jeder ins Haus. Also muss die Tür untersucht werden.«

»Dafür ist es zu spät«, erklärte Krogmann. »Es waren inzwischen so viele …«

»Dann hätte man sie schon das letzte Mal untersuchen

müssen. Warum ist das nicht geschehen? Ich denke, Sie arbeiten wissenschaftlich.«

Krogmann sah sich Manz eine Weile so genau an, als würde er überlegen, ihn zu verhaften. »Das ist alles Unsinn, was du da sagst.«

»Warum?«

»Weil die Tür nicht nur unverschlossen war. Sie stand ein Stück weit offen.«

»Wer sagt das?«

Krogmann sah er in einem kleinen Büchlein nach. »Timo Wittfoth. Einer Ihrer Feuerwehrmänner. Der hat ausgesagt, als er zum Haus kam, stand die Tür einen Spaltbreit offen.«

»Letztes Mal hat er was anderes gesagt«, ging Manz dazwischen.

»Für mich und später auch für das Gericht zählt die Aussage, die er unterschrieben hat.«

»Und was bedeutet das?«

Lächelte Krogmann in diesem Moment?

»Nun, es könnte bedeuten, dass die Reihenfolge eine andere war. Es wurde zunächst drinnen Benzin verschüttet und angezündet. Der Brandstifter oder die Brandstifterin wurde vom Feuer überrascht und verließ das Haus fluchtartig. Die Tür blieb offen.«

»Außen am Haus fand sich eine zweite Brandquelle«, erklärte nun der Brandmeister aus Faulenrost.

»Ja, und?«

»Sie meinen, der Täter oder die Täterin war in Panik und schüttete trotzdem noch Benzin außen ans Haus? Würde er nicht, wenn es schon brennt, so schnell wie möglich weglaufen?«

»Vielleicht war ein Rest Benzin im Kanister.«

Auch der Brandmeister aus Faulenrost war von Krogmans Schilderung des Tathergangs nicht überzeugt. »Sie meinen also, der Täter geriet drinnen in Panik … was ziemlich wahrscheinlich ist, da sich das Feuer sicher schnell ausbreitete. Er stürmt raus, nimmt aber den tropfenden Benzinkanister mit …«

»Warum nicht? Es sollte ja niemand merken, dass Benzin im Spiel war. In jedem Fall, Sie sagen es ja selbst, war das ganze Vorgehen sehr amateurhaft. Ich würde denken, ein Erwachsener, der hier, aus welchen Gründen auch immer, einen Plan hatte, wäre nicht so leichtsinnig gewesen, im Inneren ein Feuer zu legen, indem er eine große Menge Benzin ausgießt. Auffällig ist in jedem Fall, dass die Mädchen halb nackt auftauchten. Auffällig ist ebenfalls, dass sich …« Krogmann sah Johansson an. »In Ihrem Bericht wird erwähnt, dass sich im Zelt nur die Kleidung der Jüngeren fand.«

Johansson nickte.

Manz war schockiert. Schon wieder schien ein Detail, das er herausgefunden hatte, die Mädchen zu belasten.

»Warum ist das wichtig?«, fragte er.

»Weil die Kleidung der Älteren … Hilla? Richtig …?«

Johansson nickte.

»Weil die offenbar verschwunden ist. Vielleicht, waren da Brandflecke dran? Im Haus wurde es sicher sehr schnell sehr heiß.«

Selbstentzündung

»Wir sitzen im Haus, trinken Kaffee und schauen einfach aus dem Fenster«, sagt Manz' Mutter mit feierlicher Stimme.

Manz ist etwas irritiert, denn sie haben zwar Kaffee zum Christstollen, aber niemand hält eine Tasse in der Hand, und niemand schaut aus dem Fenster.

»Den Satz hat Gregor Schneider unter das Foto seines Kaffeezimmers geschrieben«, erklärt Christine und schiebt ihm den Katalog rüber.

Manz sieht einen sehr schmalen, menschenleeren Raum. Darin, vor einem Fenster mit Tüllgardine, ein ebenfalls schmaler und enger für zwei Personen gedeckter Tisch mit Kaffeekanne, Tellern, Tassen, Milchkännchen. Alles in Weiß. Nur die beiden Stühle sind braun und schwarz, und die Tür links sowie die Fußleisten, die sind hellgelb lackiert.

Schneider mag ganz eindeutig farblich abgesetzte Fußleisten und Raumkanten.

Es ist das zweite Mal, dass seine Frau und seine Mutter im Katalog blättern, und Manz ist Gregor Schneider zutiefst dankbar für seine Räume, seine Fotografien und den Katalog. Denn dass Christine und Ingrid so einmütig zusammensitzen, ist nicht die Regel.

Was sie eint, ist die Kunst des Herrn Schneider, und so soll es ja auch sein.

Kaffee, Kekse, Kunst und gedämpfte Stimmen. Ein

schöner, ein durch und durch weihnachtlicher Moment.

Leider kommt es kurz darauf zu einem heftigen Streit zwischen Claudi und Ingrid. Manz' Tochter tritt einfach zu ihnen an den Tisch und fragt ihre Großmutter mit einigem Zorn in der Stimme, warum sie sich ständig zu den Schulnoten ihres Sohns äußert und den für einen überforderten Schüler hält.

Manz' Mutter wehrt sich. Das Bild eines Geysirs ist hier durchaus angebracht.

Das alles wäre nicht schlimm oder jedenfalls nicht ungewöhnlich. Die beiden streiten sich regelmäßig. Nur steht gerade Claudias Sohn, Matti, im Durchgang zur Küche und bekommt alles mit.

Seine Mutter und seine Großmutter geraten schon nach Sekunden derart in Rage, dass der Junge kurz davor ist zu flüchten.

Manz springt so schnell auf, dass Gregor Schneiders Raumkatalog auf den Tisch fliegt und dort beinahe eine Kaffeetasse zerstört.

Er geht zu Matti, schiebt ihn durch die Küche in den Flur und sagt: »Mütze und Schal.«

Zehn Minuten später sind sie auf dem Uferweg unterwegs.

Manz weiß nicht so recht, wie er beginnen soll.

»Weißt du, Matti ... Ich glaube, weder meine Mutter noch deine Mutter sind böse.«

»Das glaube ich auch nicht.«

»Claudi ist doch bei euch zu Hause sicher nicht so.«

»Nie. Wir sagen übrigens immer Claudia.«

»Stimmt.«

»Nur zusammen …«, sagt Matti.

»Ja, wenn sie zusammenkommen, passieren diese Ausbrüche.«

Draußen auf dem Fluss begegnen sich zwei Lastkähne, ein Reiher am Rand bleibt trotzdem dort stehen.

»Jedes Mal.«

»Jedes Mal.«

»Warum?«

»Schwer zu sagen. Ich hatte in meiner Zeit als Ermittler …«

»In Berlin?«

»Neukölln. Richtig. Da hatte ich einige solcher Fälle von Menschen, bei denen es zu einer Art Selbstentzündung kam …«

»Selbstentzündung?«

»Bildlich gemeint.«

»Ach so, klar.«

»Alle Zeugen waren sich einig, sie seien die friedlichsten Menschen unter der Sonne gewesen. Nur eben zusammen …«

»Diese Selbstentzündung, waren sie da Täter oder Opfer?«

»Meistens Täter. Wobei unsere Psychologen immer sagten, alle Täter seien auch Opfer.«

»Klingt ein bisschen irre, oder?«

»Manchmal war's wirklich so. Vor allem bei …«

»Selbstentzündung.«

»Hm.« Manz blickt dem Reiher nach, der sich nun, da ihn die Wellen der Schlepper erreichen, doch aufschwingt. »Solche Fälle waren oft schwierig. Weil niemand ihnen so was zugetraut hätte.«

»So wie meiner und deiner Mutter.«

Manz bleibt stehen und sieht seinen Enkel ganz direkt an.

Es folgt ein Lächeln feinster Art. Erst Matti, dann Manz.

Mit Maja im Klee

Warum sollten zwei Mädchen von vierzehn und fünfzehn das Haus ihrer Eltern anzünden?

Der junge Manz konnte sich das einfach nicht vorstellen, wollte es aber herausfinden. So blieb ihm nichts anderes übrig, als zu Maja zu gehen.

Die stand schon seit einer halben Stunde zwischen den Wespen unter dem hinteren Pflaumenbaum und wirkte ziemlich bedrückt. Oder wenigstens matt. *Bestimmt irgendwas mit ihrem Galan.* Majas Mattigkeit vermittelte dem jungen Manz ein schlechtes Gefühl. Ihm war klar, dass dies der denkbar ungünstigste Zeitpunkt war, Maja um etwas zu bitten. Oder anders gesagt: Es war einer jener Momente, in denen es darauf ankam, sehr genau zu überlegen, wie er sie ansprach.

»Hey! Sag, Maja, hey! Kannst du mich noch mal fahren?«

»Du bist ein Idiot!«

»Ja, aber … Kannst du mich noch mal fahren?«

»Klar. Wo soll's hingehen?«

Das war jetzt wirklich unheimlich, obwohl … Manz dachte nicht, unheimlich, er dachte eher das Wort *dunkel*. Oder *finster*. Oder *Schlucht*. Sie war letztes Mal wütend auf ihn gewesen, weil er irgendwas Falsches gesagt hatte. *Was war das eigentlich?* Sie war mit ihrem Galan weg gewesen, der sie manchmal abholte, und das hatte sie in schlechte Stimmung gebracht, wie es schien. Jetzt hatte er sie gefragt, ob sie ihn noch mal mit der Jawa wo hinfahren könnte, und ... sie sagte: Ja. – *Finster.*

»Zum Haus. Pannwitz. Da, wo es gebrannt hat.«

»Jetzt gleich?«

»Wenn du Zeit hast.«

Diesmal fuhr Maja nicht durch Schlaglöcher. Irgendwie war ihr jegliche Kraft abhandengekommen.

Die Fahrt dauerte nur zwanzig Minuten.

Maja bockte die Jawa auf. Ein feines Quietschen, gefolgt von einem satten Klack.

Dann war es still. Ein Tag, so heiß, dass die Mäuse in ihren Löchern blieben. So heiß, dass der Fuchs sich bedeckt hielt. So heiß, dass selbst der lauwarme Wind kräftig lauwarm war. In Wüstenrandregionen, das hatte seine Mutter ihm mal erzählt, als sie über die Passionsgeschichte Christi sprachen, da gab es solche Winde.

Findlinge alterten, eine Ringelnatter kroch in ein dürres Gestrüpp mit Dornen, und Majas Haare bewegten sich, während sie neben ihrem Moped stand wie die Statue einer Betrübten, die darauf wartet, dass jemand sie anspricht und zum Leben erweckt.

Oben drehten derweil zwei Milane ihre Kreise, und neben dem Eingang zum Pannwitz'schen Haus ... ja, da drehte sich etwas Asche im Kreis.

»Willst du wissen, warum wir hier sind?«, fragte er, nachdem sie einige Zeit neben der Jawa herumgestanden hatten.

»Eigentlich will ich es nicht wissen, nein«, antwortete sie.

»Also gut. Ich will noch mal reingehen, weil dieser Kommissar aus Neubrandenburg meint, Hilla und Kirsten hätten ihre Eltern umgebracht.«

»Hilla und Kirsten?«, fragte sie.

»Die Töchter von Pannwitz und seiner Frau.«

»Und wieso umgebracht?«

»Der Kommissar aus Neubrandenburg meint, die beiden hätten das Haus angezündet.«

»Und du glaubst das nicht?«

»Nein.«

»Warum?«

Sie kam ein bisschen in Schwung, das war gut.

»Na, weil sie ...« Er wusste es selbst nicht.

»Weil sie Mädchen sind?«

»Weiß ich nicht. Ich meine nur ... Ihre Lehrerin sagt, Hilla und Kirsten hätten unter ihren Eltern gelitten, und Kommissar Krogmann meint, daraus sei Hass entstanden. Aber das sind alles nur Behauptungen. Ich will noch mal rein, nachsehen, ob ich was finde.«

»Und was?«

»Weiß ich noch nicht.«

»Du lässt es auf dich zukommen.«

»So ungefähr. Willst du hier warten oder ...?«

»Ich geh da bestimmt nicht rein.«

»Sie haben die Leichen schon weggebracht.«

»Wie schön, aber ... Mach. Geh.«

»Ich beeile mich.«

»Ich hab nichts vor. Leg mich ein bisschen in den Klee und lese.«

»Was hast du da?«

»Viele Blätter mit Buchstaben zwischen Pappdeckeln? Rat mal.«

»Ein Buch?«

»Gedichte von Manfred Hausmann.«

»Oh!«

»Kennst du die Gedichte von Hausmann?«

»Natürlich.«

»Auswendig?«

»Ein paar schon. Meine Mutter mag die. Ich geh jetzt rein, dauert nicht lange.«

»Mach, ich bin hier.«

Gedichte von Hausmann. Maja war komisch heute. *Legt sich in den Klee und liest Hausmann. Ich denk ja bei ihrem Namen sowieso immer Biene.* Fast hätte er sie eben gefragt, was mit ihrem Galan passiert war. In letzter Sekunde ersparte er sich das, weil … er hatte keine Lust, zu Fuß zurückzulaufen.

Der Brandgeruch war noch immer stark, und es sah wackelig aus, drinnen.

Egal.

Er durchsuchte zwei Kommoden und drei große Schränke, fand Kleidung, Bettwäsche, Geschirr und anderes, was zum Leben einer Familie gehört.

Keiner dieser Gegenstände hatte Lust, mit ihm zu reden.

Erst als er schon aufgeben wollte, entdeckte er, oben auf einem Schrank in der guten Stube, eine Art Buch. Er holte sich einen der weiß bepuderten Stühle, stieg drauf und …

Das Fotoalbum.

Es gab eine Chronologie. Die denkbar naheliegendste und sinnvollste bei Familienalben. Zunächst waren einzelne Schnappschüsse zu sehen, die einen Mann, andere, die eine Frau zeigten. Dann Bilder der beiden gemeinsam in einem Garten und vor einem Rapsfeld. Danach vor dem Standesamt und bei einer großen Familienfeier. Es folgten Aufnahmen von einem Urlaub in den Bergen, *vielleicht die Hochzeitsreise*, von denen viele darunter litten, dass sie bei starkem Gegenlicht geknipst worden waren.

Die nächsten Aufnahmen dokumentierten den Bau von zwei großen Gewächshäusern. Es waren eindeutig die, welche Manz schon rechter Hand hinter dem Obstgarten gesehen hatte.

Schließlich ein Kind, dann ein zweites. Manz rechnete. Die Mädchen waren etwas jünger als er. Das heißt, die Fotos stammten irgendwie aus den Jahren …

Ah, 47! Steht ja oben am Rand.

Die Babyaufnahmen waren in einer Weise gestellt, wie man es vor langer Zeit auf dem Land tat. Vater und Mutter saßen sehr gerade und mit leicht erstarrten Gesichtern auf zwei Stühlen mit hohen Rückenlehnen. Die Mutter hielt ein Baby auf dem Arm. *Hilla.* Es war so einfach, so klar. Der Name war unter dem Foto verzeichnet.

Eine Seite weiter stand die nun schon etwas gewachsene Hilla neben den Stühlen, und auf dem Schoß der Mutter saß ein weiteres Baby, der Art der Kleidung nach ebenfalls ein Mädchen.

Kirsten.

Weitere Aufnahmen, immer mit den beiden nun heranwachsenden Mädchen. Auf vielen schienen alle bester

Stimmung gewesen zu sein. Von aufgestautem Hass oder Angst, wie die Lehrerin angedeutet hatte, war nichts zu sehen.

Dann noch ein gestelltes Foto. Wieder mit Baby. Hilla und Kirsten waren auf der Aufnahme etwa elf, zwölf Jahre alt. Es folgten ein paar Fotos von einem Besuch bei den Großeltern. Und dann … *Nur noch Aufnahmen von Gebäuden.* Hilla und Kirsten schienen auf diesen Bildern eher zufällig drauf zu sein, das dritte Kind war nirgends zu sehen.

Ein kräuseliges Gefühl ging über Manz' Rücken. Es fiel ihm nicht schwer, sich die Tragödie vorzustellen, die sich hier im Haus möglicherweise zugetragen hatte. Ein Kind war gestorben, und die Eltern hatten sich verändert. Was wiederum ihre beiden noch lebenden Töchter verändert hatte. Wo war das dritte Kind geblieben?

Dieser merkwürdige Geruch im Garten …

Er stand in der guten Stube eines Hauses, und die Tür zu dem Raum, in dem die Eltern von Hilla und Kirsten erstickt waren, stand noch immer offen. Im weißen Rauchstaub sah Manz die Fußspuren einiger Menschen. Erst waren die beiden Brandfachleute zusammen mit ihm hier gewesen. *Und später natürlich andere. Um die Toten abzuholen.*

Aber da war etwas gewesen. Eben. Etwas auf einem der Fotos aus dem Familienalbum. *Ein Geruch! Ein Geruch? Das kann doch nicht sein, dass Bilder einen Geruch haben.*

Nun, es gibt nicht nur ein Gedächtnis für Worte oder Situationen. »Sie sah Bilder aus der Zeit ihrer Jugend.« So schrieb man einst, wenn es um Erinnerung ging.

Warum auch nicht. Natürlich erinnert man sich an Situationen und an … Bilder. Aber es gibt noch mehr von diesen, stets hochfrequent schwingenden Zellen der Erkenntnis. Nicht nur solche, die Bilder bewahren oder an Bilder glauben.

Hühnerfutter! Ja, natürlich! Der Laden in Waren. Maja war ungeduldig, als ich auf den Hof ging, wo sie gerade den Trecker reparierten, und da war ein Mann, und der zeigte auf die Tonnen, und ich ging hin und … Hühnerfutter.

Erleuchtung.

Es roch nicht nach Heu, hinten im alten Obstgarten. Es roch nach Hühnerfutter.

Und so blätterte der junge Manz im Familienalbum zurück. Wusste er schon, was er suchte?

Und ich dachte, es riecht nach Heu.

Er ging alles noch mal durch.

Es dauerte eine Weile.

Dann war es ganz einfach.

Na klar. Hühnerfutter.

Auf einem Foto, hinter den im Bau befindlichen Gewächshäusern stand ein kleiner Schuppen.

Hühnerstall. Gibt aber keine Hühner mehr. Ob es den Schuppen noch gibt? O Mist, Maja wartet. Wie lange bin ich hier schon? Gott, die Zeit …

Der Geruch. Das Hühnerfutter. Die Zeit.

Manz legte das Fotoalbum dahin zurück, wo er es gefunden hatte, und er tat das gewissermaßen mit spitzen Fingern. Danach stellte er auch noch den Stuhl dahin zurück, wo er gestanden hatte, seit gefühlt zweihundert Jahren.

Los! Maja wartet. Bestimmt ist sie sauer.

Als er aus dem Haus kam, lag Maja im Gras. Auf dem Rücken. Das Buch mit den Gedichten von Hausmann neben ihr. Er ging hin. Sie schlief nicht, ihre Augen waren weit geöffnet.

»Guckst du dir die Wolken an?«

»Die Milane …«

Manz legte den Kopf in den Nacken, und tatsächlich: Da waren sie. Zwei Rote Milane, auch Gabelweihe oder Königsweihe genannt.

»Wolke reiht an Wolke sich im Blauen Goldbestäubt und lilafarben.«

Offenbar hatte Maja in dem Buch gerade ein Gedicht gelesen. *Und so halb auswendig gelernt.* Sie hielt ihm das Büchlein hin, zeigte auf die Stelle.

Manz kannte die Zeilen. Offenbar hatten seine Mutter und Maja einen ähnlichen Geschmack.

»Wolke reiht an Wolke sich im Blauen / Goldbestäubt und lilafarben / Schatten gleiten über die genauen / Stoppelfelder mit den Garben.«

»Noch mal«, forderte sie. »Du hast die Stimme für so was.«

Er begann:

»Wolke reiht an Wolke sich im Blauen …«

Dann übernahm sie: »… Goldbestäubt und lilafarben …«

»… Schatten gleiten über die genauen …«

»… Stoppelfelder mit den Garben. – Noch mal!«

Steht sie drauf.

Maja stand tatsächlich drauf.

Dreimal wiederholten sie ihren Reim. Zum Schluss klang es fast wie Gesang.

»Die Milane haben viel Geduld«, erklärte ihm Maja plötzlich. »Sie ziehen immer ein paar Kreise da über dem Feld. Dann fliegen sie plötzlich geradeaus, Richtung Wald. Und dann nach einer Weile kommen sie zurück und fangen von vorne an.«

»Vielleicht haben sie im Wald ihr Nest«, fabelte Manz, obwohl sich seine Kenntnisse, was Milane anging, in Grenzen hielten.

»Und? Was gefunden?«, fragte sie.

»Ein Fotoalbum. Was die Bilder angeht, das sieht nicht nach Hass aus zwischen den Eltern und Hilla und Kirsten. Aber ich hab was entdeckt. Hinter den Gewächshäusern da vorne gab es mal einen Schuppen. Wahrscheinlich ein alter Hühnerstall, weil … egal. Vielleicht steht der da noch. Kommst du mit?«

»Zieh mich hoch.«

»Hand.«

Sie hängte sich ganz schön rein, aber er schaffte es. Kaum, dass Maja stand, zog er los. Sie hinterher.

Der Schuppen hatte ein Schloss, und Manz hatte ein Taschenmesser. Damit schraubte er das Blech des Fängers ab und trat ein.

Dämmerlicht.

Maja war ihm in den Schuppen gefolgt, und als er stehen blieb, rumste sie von hinten in ihn rein. Klammerte sich auch ein bisschen an ihn, wohl weil sie sich erschrocken hatte. Manz' Herz setzte kurz aus und schlug danach wie verrückt.

Und gleich die nächste Erregung: Auf dem Boden vor einer Werkbank stand ein nagelneuer Benzinkanister. Manz ging hin, hob ihn an. Er war mordsschwer.

Den Deckel ab. Wackeln. Es schwappte gleich raus.

»Der ist noch randvoll.«

Und auf der Werkbank stand eine Dose mit Brandpaste, auch die war randvoll.

Was für ein Glücksgefühl, was für ein Gefühl der Gerechtigkeit. Er hatte bei seinen Ermittlungen zunächst einen Fehler gemacht. Oder jedenfalls die Mädchen, die er doch entlasten wollte, belastet. *Benzinkanister gekauft, Brandpaste gekauft …* Jetzt hatte er seinen Fehler korrigiert.

Als sie wieder rauskamen, hielt Maja ihn am Arm fest: »Du bist ganz rot im Gesicht.«

»Ein bisschen aufgeregt.«

»Warum?«

»Wegen dem Kanister und der Brandpaste.«

»Danach hattest du gesucht?«

»Ja. Nur wusste ich es vorher noch nicht.«

Sie ging zu ihm, es waren ja nur zwei Schritte, zog ihn sich ein bisschen ran und begann ihn zu küssen.

Vierzig Minuten später schob sie ihn von sich runter.

»Dreimal reicht doch wohl, oder?«

Manz war jetzt alles klar. Fast jedenfalls. Ein paar Details lagen noch im Dunkel.

»Zurück?«, fragte sie in einem Tonfall, als hätten sie gerade die Blumen beim Nachbarn gegossen.

»Hm«, sagte Manz.

Als sie mit der Jawa vom Hof auf den Holperweg knatterten, stand mitten im Feld ein Mädchen, *zwölf, vielleicht dreizehn.* Als Manz es rief, indem er nach seiner Manier sehr laut »Du! Hey! Warte mal!« rief, rannte es weg. Runter in die Senke.

»Die gehört bestimmt zum Brettschneider-Hof.«
»Soll ich dich hinfahren?«, fragte Maja.
»Noch nicht.«
»Warum?«
»Ich will erst mal nachdenken.«
Die beiden Milane zogen immer noch ihre Kreise, und es machte ziemlich laut klack, als Maja in den ersten Gang schaltete. Er hielt sich an ihr fest und wartete auf ihre Haare.

Ganz schöne Kurven

Sie gefiel ihm, daran bestand kein Zweifel. Obwohl Maja mit ihren neunzehn und der ganzen Art, wie ihr Körper sich zeigte, für ihn, mit seinen noch nicht ganz siebzehn im Grunde schon zu einer anderen Generation gehörte, gefiel sie ihm in manchen Momenten so gut, dass er den Altersunterschied glatt vergaß.
Und so kam es auf der Rückfahrt, wie es kam.
Er machte es besser in den Kurven.
Er kam in einen sehr leichten Zustand.
Ein endloses Strömen umfing ihn.
Weit und mutig legte er sich nach links.
Wolke reiht an Wolke sich im Blauen
Dann nach rechts.
Goldbestäubt und lilafarben
Wieder nach links.
»Schatten gleiten über die genauen!«
Und bei der Rechtskurve war Maja dann dran.
»Stoppelfelder mit den Garben.«

Eine ganze Weile ging das so, denn es gab viele Kurven. Und es gehörte schon ganz schön Mut dazu, sich einfach so reinfallen zu lassen, wie sie sich reinfallen ließen in die Kurven. Und die Jawa brachte es auf dem abschüssigen Abschnitt hinter Faulenrost auf deutlich über siebzig, wohl fast schon achtzig, wie er schätzte. Aber wenn Manz hinten drauf in den Kurven die Unterschenkel anwinkelte und dabei die Oberschenkel hochzog, ging es.

»Goldbestäubt und lilafarben …«

Obwohl es natürlich nach einer Weile ganz schön in die Ober- und Innenseiten der Schenkel ging, denn diese Muskeln werden für gewöhnlich nicht so beansprucht.

Und dann kam die Rechtskurve. Es war keine enge Kurve, dafür eine, die gar nicht mehr aufzuhören schien. Und Maja legte die Jawa in diese Kurve. Weiter als je zuvor. Und Manz hatte das Gefühl, sie würden gleich umkippen. Oder wenigstens unten wegrutschen mit den schmalen Rädern.

Und doch.

Brachte er den Mut auf und hielt mit, legte sich mit Maja voll rein, obwohl … er war eigentlich ganz sicher, hundertprozentig sicher, dass es jetzt passieren würde, dass jetzt die Räder wegrutschen und sie stürzen würden. Aber das passierte nicht.

Die rote Jawa zog rum und zog rum und weiter rum in Schräglage, und Manz hätte wetten können, mit hundert.

Dann …

Uh …!

… waren sie durch die Kurve durch und …

Uh …!

Die Jawa kam hoch. Mächtig kam sie hoch, mächtig. Er spürte es im Bauch, und …

Linkskurve …

Die kam sofort, und Maja legte die Jawa ganz weit nach links, und Manz fiel mit ein in dieses Legen. Aber er legte sich nicht nur nach links, er war auch nach vorne gerutscht, bis ganz ran an ihren Körper, den er umschlungen hielt. Bei hundert, wohl *wenigstens bei hundert.*

Und so bildeten sie eine Einheit. Klebten förmlich zusammen, legten sich gleichzeitig *mal nach links, mal nach rechts* und … Er meinte ihren Herzschlag zu spüren. Er war sich sicher und … er hatte es jetzt raus, es war, als wären sie zusammen mit der Jawa zur Welt gekommen. Als eine Einheit, die wusste, wie es zu machen war. Es waren nur Momente, aber der junge Manz hätte sich gewünscht, sie würden auf ewig so fahren.

Maja kam nie auf das Abenteuer im Klee und die Fahrt durch die Kurven zurück. Offenbar war es für sie nur ein Spiel gewesen.

Und Manz?

Der beließ es erst mal dabei. Es war nicht seine Art, einer hinterherzulaufen, die spielen wollte. Er brauchte Worte. Erklärungen. Blicke einer bestimmten Art. Und Schwüre. Ehe sie mit so was nicht kam, würde von seiner Seite her nichts weiter passieren. Er war ja nicht verliebt in sie. Nur angezogen. Mächtig angezogen zwar, aber das passierte ihm, mit seinem großen Herzen, ja öfter. Nein, für seinen Geschmack war die Konversation mit Maja bis jetzt eindeutig zu dürftig. Davon abgesehen, auch das spielte mit rein, gab ihm das Mädchen im Kornfeld zu denken.

Er sprach mit Johansson, erzählte ihm das mit dem vollen Kanister und der Brandpaste. Und noch eine Idee war ihm gekommen. Eine Frage, genauer gesagt.

»Warum wurde das Haus angezündet?«

»Wenn wir das wüssten …«

»Ich meine was anderes. Wäre es nicht wichtig herauszufinden, ob das Ehepaar Pannwitz Feinde hatte?«

»Ich denke, das wird Krogmann sicher ermitteln.«

»Verstehe. Er sagt dir nicht alles. Aber ich hatte noch eine Idee.«

»Dich hat's ja ganz schön erwischt.«

»Es geht bei allem, was besprochen wird, immer um die beiden Toten …«

»Ja, natürlich.«

»Dass jemand denen schaden wollte und deshalb das Haus angezündet hat.«

»Weil das am wahrscheinlichsten ist.«

»Und die Mädchen?«

»Was ist mit denen?«

»Vielleicht ging es gar nicht um die Alten, sondern um eine von den beiden.«

»Und wer sollte es auf die abgesehen haben?«

»Weiß nicht. Vielleicht ein Streit oder es hat was damit zu tun, dass Hilla oder Kirsten einen nicht rangelassen haben. Einen Verliebten, meine ich.«

»Das sagst du, weil du dich mit der Liebe so gut auskennst?«

»Weil ich überlege. Und wenn ich dir jetzt was sage,

können wir das so machen, dass du nicht gleich Kommissar Krogmann dazuholst?«

»Worum geht's denn?«

Greta Bockmöller sah ein Fahrrad

Der Brettschneider'sche Hof lag etwa 1200 Meter von der Pannwitz'schen Gärtnerei entfernt.

Es handelte sich um einen typischen Dreiseithof, und wie Manz schnell mitbekam, gab es auf diesem Hof keinen Mann. Später erfuhr er, dass Jule Brettschneider zu einem guten Teil davon lebte, dass sie Acker und Weideland verpachtete.

Trotzdem gab es auch hier *Arbeit*. Ein Wort, dass Jule Brettschneider mehrfach benutzte.

Die Bäuerin, die sich von ihrem Gebaren her ein bisschen wie eine Gutsherrin zu fühlen schien, beschäftigte drei Mägde. Außerdem lebten ihre Schwester Wiebke Bockmöller und deren Tochter Greta mit auf dem Hof. Einen Mann zu dieser Tochter schien es nicht zu geben.

Hühner und Gänse wurden hier gehalten. Und zwar in Massen. Die Tiere scharrten, trippelten oder watschelten auf dem nahezu kahl gehackten Grasboden rum, und während der ganzen Befragung hörte man ununterbrochen Geschnatter, Gegacker und hin und wieder krähte ein Hahn. Rufe, die oft von anderen Hähnen erwidert wurden. Das Ganze schien in Wellen zu kommen. Fing einer erst mal an, machten die anderen mit.

Während Johansson Jule Brettschneider befragte, unterhielt sich Manz mit der Tochter ihrer Schwester.

»Wie heißt du?«

»Greta.«

»In meine Klasse ging mal eine, die auch Greta hieß.«

»Interessant.«

Greta war von nahem besehen etwas älter als gestern im Weizen. Fünfzehn oder sechzehn, ganz hübsch, wenn auch nicht so wie Maja. Was daran lag, dass sie ihre Haare trug wie eine ältere Frau. Außerdem hatte sie ziemlich zerkratzte Unterarme und schwielige rote Hände.

Manz machte zur Auflockerung mit einer einfachen Frage weiter. »Ist Greta ein typischer Name hier in der Gegend?«

»Woher soll ich das wissen?«

»Na, ich weiß nicht. Ging denn in deine Klasse noch eine, die so hieß?«

»Zwei.«

»Und deine Arme? Warum sind die so zerkratzt?«

»Disteln.«

»Benutzt du keine Handschuhe?«

»Wenn ich keine benutzen würde, wären meine Hände ja wohl auch zerkratzt.«

»Hm.«

»Du kommst nicht von hier.«

»Aus Berlin.«

Die Auskunft schien sie zu beschäftigen. Jedenfalls machte ihr Unterkiefer eine Bewegung, als würde er Korn mahlen. Es war also eher ein seitliches Schieben, kein Kauen.

»Du warst gestern oben im Feld. Nicht weit vom Pannwitz-Hof.«

»Die Jawa von Maja ... wie schnell ist die?«, wollte sie nun erst mal wissen.

»Ich glaube siebzig.«

»Nächstes Jahr kriege ich auch eine.«

»Warum bist du weggelaufen?«

»Das ist kein Hof mehr, sondern eine Gärtnerei.«

»Wie?«

»Pannwitz und seine Frau.«

»Was ist mit denen?«

»Die züchten da Pflanzen. Das ist kein Bauernhof, sondern eine Gärtnerei. Du hast gesagt, Hof.«

»Ach, so meinst du. Kennst du Hilla und Kirsten?«

»Gehörst du zur Polizei?«

»Ja.«

»Noch jung dafür.«

»Ausbildung. Und wie sind die beiden so?«

»Sie müssen nicht so viel arbeiten wie ich. Dafür besitzen sie kaum eigenes Land.«

Manz fand heraus, dass eigentlich niemand den alten Feldweg nahm, da er beim Pannwitz'schen Hof endete. Aber Greta hatte ein bestimmtes Wort verwendet, als sie über die Benutzung des Feldwegs sprach. Sie sagte: normalerweise.

Also war irgendwas anders.

Manz bohrte. Greta wand sich. Sie rückte zunächst nur damit raus, dass es um den Tag vor dem Brand ging.

»Willst du mir was verheimlichen? Willst du, dass Johansson dich mitnimmt und offiziell befragt?«

»Ich hab zu arbeiten.«

»Also?«

»Ein Fahrrad.«

»Wer saß drauf?«

Greta überlegte. Was auch diesmal zur Folge hatte, dass ihr Unterkiefer arbeitete.

»Ein Mann, glaub ich.«

»Du bist dir nicht sicher?«

»Es gibt Zeiten, wo mehr zu tun ist, dann holt man sich einen.«

Irgendwas an dieser Fahrradgeschichte schien ihr nicht zu behagen. Jedenfalls begann ihr Unterkiefer wieder zu mahlen. »Es war ein Damenfahrrad. Entweder die hat sich vertan, oder sie wollte zum Hof von Pannwitz.«

Greta hatte das Fahrrad eine Stunde später wieder wegfahren sehen.

»Eine volle Stunde?«, fragte Manz. »Das klingt nicht, als hätte sich jemand verfahren. Und du bist sicher, dass das eine Frau war?«

»Ich hab nicht so genau hingesehen.«

»Komisch.«

»Was?«

»Na, hier passiert ja nicht viel. Du sagtest eben, dass nur ganz selten jemand da hochfährt. Und dann achtest du nicht drauf, wer das ist?«

»Ich stand in den Disteln.« Sie zeigte unbestimmt in die Richtung, es war eher ein Schlackern mit dem Arm. »Hinten vor dem Knick.«

»Dir ist also nichts aufgefallen.«

Greta beschrieb ihm das Fahrrad nun doch etwas genauer.

»Es hatte einen auffällig breiten Lenker. So wie Fahrräder sie früher hatten. Und auf dem Gepäckträger war eine große Tasche.«

»Und ist diese Frau ganz weggefahren? Wie lange hast du sie beobachtet?«

»Nur, wie sie vom Hof kam.«

»Du hast also nicht gesehen, dass sie tatsächlich den ganzen Weg zurück zur Landstraße fuhr.«

»Ich hatte zu arbeiten.«

»In den Disteln.«

»Die Enten, Gänse und Hühner fressen alles weg, die sind schlimmer als Schafe. Aber an Disteln gehen sie nicht ran.«

Greta wirkte auf Manz etwas durcheinander. Nur hätte er nicht sagen können, ob das daran lag, dass sie vermutlich noch nie von der Polizei befragt wurde, oder ob sie ihm etwas verschwieg.

»Gibt es noch irgendwas, das ich wissen sollte?«

»Nicht von mir.«

»Okay, dann danke erst mal.«

»Erst mal? Was heißt das?«

»Na, dass wir wiederkommen, wenn sich weitere Fragen ergeben oder wenn wir rausfinden, dass du mich belogen hast.«

Diese kleine Drohung imponierte Greta überhaupt nicht. Im Gegenteil. Sie grinste ihn ziemlich frech an.

»Wenn du dir wegen Maja was einbildest. Dann kann ich nur sagen … Lieber nicht.«

»Wieso? Was ist mit ihr?«

»Sie kommt aus Schweden.«

»Stimmt nicht.«

»Na, dann ist es ja gut.«

Auf der Rückfahrt erklärte Johansson, dass seine Befragung nichts ergeben habe. »Und bei dir?«

»Am Tag vor dem Brand war jemand mit dem Fahrrad oben beim Hof. Obwohl es kein Hof ist. Die unterscheiden das hier. Die Pann… Wie sagt man das eigentlich? Die Pannwitz?«

»Was ist mit denen?«

»Die betreiben oder betrieben eine Gärtnerei. Brettschneiders einen Hof.«

»Enten, Gänse und Hühner«, brummte Johansson.

»Jedenfalls ist es ein richtiger Hof, weil die Brettschneiders viel Land besitzen, die Pannwitz dagegen nur wenig. Gerade eben genug für ein paar Obstbäume, einen Teich und ihre Gewächshäuser.«

»Ja«, sagte Johansson, und es klang, als spräche er mehr zu sich selbst. »Ich habe mich immer gewundert, dass man die Brettschneiders in den Fünfzigern nicht enteignet und das Land kollektiviert hat.«

»Wie?«, fragte Manz.

»Na, die Kollektivierung der Landwirtschaft. Bei uns hier in der Gegend hat das bis jetzt noch nicht stattgefunden, was mir offen gesagt ein Rätsel … Egal. Was war mit dem Fahrrad?«

»Ich musste das Greta ziemlich aus der Nase pulen. Wer drauf saß, darauf hat sie angeblich nicht geachtet, weil sie in den Disteln zugange war. Aber das Fahrrad, das hat sie sich dann doch etwas genauer angesehen. Ein Damenfahrrad mit einem breiten Lenker und einer Tasche hinten auf dem Gepäckträger.«

»Na, wenn es ein Damenfahrrad war, wird wohl eine Frau drauf gesessen sein«, stellte Johansson fest.

»Möglich. Greta sagte mir dann noch, dass die Bauern und auch die … die Pannwitzes sich in Zeiten, wenn viel zu tun ist …«

»Saisonarbeiterinnen.«

»Heißen die so?«

»Na, da hast du ja einiges aus Greta rausgepult.«

»Kann aber sein, dass sie mir nicht alles gesagt hat.«

»Wie kommst du darauf?«

»Weil ich mir nicht vorstellen kann, dass jemand sich ein Fahrrad so genau ansieht, aber nicht den, der drauf sitzt.«

»Vielleicht will Greta sich demnächst ein Fahrrad kaufen.«

»Nee, eine Jawa. Das hat sie gesagt. Sie hatte Maja und mich doch gesehen.«

»Und die Jawa erkannt.«

»Ja.«

»Also interessiert sie sich für Zweiradfahrzeuge.«

»Gut, das wäre vielleicht eine Erklärung.«

»Bei euch in Berlin sind die Mädchen vermutlich anders.«

»Kann man sagen, ja.«

Manz verkniff es sich, Johansson zu fragen, was Greta gemeint haben könnte, als sie ihn vor Maja warnte. Eine solche Frage hätte sicher Gegenfragen zur Folge gehabt. Und darauf hatte der junge Manz nicht die geringste Lust. Ihn interessierte im Moment sowieso eher, woran es wohl lag, dass sich die Mädchen hier oben so für Fahrzeuge interessierten. Er hatte neulich schon eine Frau auf einem Traktor gesehen. Auch das war ihm etwas fremd vorgekommen. Die einzigen beiden Erklärungen, auf die er kam, waren die Russen, die hier vermutlich das Sagen hatten, und der Krieg. Denn aus dem waren ja viele Männer nicht zurückgekommen. Dass er Greta schon bald wiedersehen würde und diesmal offiziell, darauf wäre er in dem Moment nicht gekommen.

Das Feuerwehrfest

Als sie zurückkamen, war Maja nicht da. Vielleicht war sie wieder bei ihrem Galan. Das seltene Wort *Galan* übrigens war Manz so geläufig, weil seine Mutter es immer benutzte, wenn es um Männer ging, die jungen Frauen hinterher…*scharwenzelten*. Auch das Wort scharwenzeln kam von ihr.

Davon abgesehen war Manz am Ende mit seinem Latein, was das Ermitteln anging. Immerhin war er nun endgültig davon überzeugt, dass die Schwestern Pannwitz nichts mit dem Tod ihrer Eltern zu tun hatten. Schließlich hatten sie viel Benzin und sogar Brandpaste zur Verfügung gehabt und beides nicht benutzt.

Johansson sagte nichts zu Manz' Thesen der Unschuld. Er besorgte am nächsten Tag einige lokale Zeitungen, die er seinem Praktikanten hinlegte.

»Wofür?«, fragte Manz.

»Weil man so ermittelt«, erklärte Johansson ihm.

»Ich dachte, du würdest das Ermitteln Krogmann überlassen.«

»Tu ich auch. Aber das bedeutet ja nicht, dass wir gar nichts machen.«

»Verstehe. Wir ermitteln mit Zeitungen und Wochenblättern.«

»Abgesehen von den vielen Gedanken, die du dir wegen zwei Mädchen in Nachthemden gemacht hast – worauf bist du gestoßen?«

Manz musste erst mal überlegen.

»Du hast mir erzählt, was Greta dir gesagt hat.«

»Ach so, ja, die Fahrradfahrerin, die Greta angeblich gesehen hat.«

»Angeblich?«

»Na, sie *sagt*, sie hätte ein Fahrrad gesehen. Fahrradfahrerin hat sie nicht gesagt.«

»Und du misstraust ihr? Warum?«

Auch darauf wusste Manz nichts zu sagen. Obwohl … Vielleicht wusste er es doch. Er hatte Gretas Aussagen keine große Bedeutung beigemessen, weil sie nichts mit den Pannwitz-Töchtern zu tun hatte. Irgendwie, das schwante ihm jetzt, hatte er kaum mehr als einen einzigen, winzigen Gedanken gehabt. Und zwar einen, der eigentlich mehr ein Wunsch war. Nun galt es, den Blick zu weiten, das hatte er begriffen.

»Na ja, wenn Greta sich nicht im Tag vertan hat, dann ist die Person auf dem Fahrrad schon etwas merkwürdig«, gab er schließlich zu. »Die Gärtnerei liegt am Ende eines langen holprigen Wegs. Man muss von der Landstraße aus fast zwei Kilometer fahren, um zum Pannwitz-Hof zu kommen. Eigentlich komisch, dass jemand mit dem Fahrrad rein zufällig entlangfährt. Aber was hat das mit den Zeitungen zu tun?«

»Na, es könnte doch sein, dass jemand einbrechen wollte und den Hof ausspioniert hat. Und wenn es um

Einbrüche geht, wenn das in letzter Zeit öfter vorgekommen ist hier in der Gegend, so was steht in unseren regionalen Zeitungen.«

»Ach so. Aber wäre es nicht einfacher, Hilla und Kirsten zu fragen?«

»Du wolltest nicht, dass ich Krogmann hinzuziehe. Lass uns mal ein paar Tage warten. Du übernimmst die Zeitungen.«

Während der nächsten drei Tage fand Manz nichts, was sie interessiert hätte. Dafür kamen die Raketen. Johansson fuhr zusammen mit Manz im Barkas zu der Großhandlung in Waren. Vorher hatten sie den Benzinkanister und die Brandsalbe aus dem Schuppen geholt. Die Inhaberin erkannte die Gegenstände sofort.

»Ja, die haben Hilla und Kirsten hier gekauft.«

Auf der Rückfahrt kam dann noch etwas anderes heraus. Manz musste nur fragen: »Die Raketen, wofür sind die?«

»Na, für unser Feuerwehrfest.«

Dieses Feuerwehrfest fand drei Tage später statt. Es hieß zwar Feuerwehrfest, war aber eigentlich so was wie ein Fest der Ernte und Anlass, einen Film zu sehen.

Zwei Tage vor den Feierlichkeiten kam nämlich der Landfilm, und im Gemeindesaal vom Fischer wurde ein russischer Film gezeigt, der in Cannes sogar die Goldene Palme gewonnen hatte. *Die Kraniche ziehen* hieß er.

Am nächsten Tag wurde geschmückt. Es gab Stände, an denen wurden selbst gemachte Marmelade nach Spezialrezept, ausgebaute Ersatzteile, Raps- und Wildblütenhonig, Kraftstoffzusätze, kaum getragene Kindersachen und vieles mehr angeboten.

Und der H3A stand frisch gewaschen und poliert vor dem Spritzenhaus. Die Kinder durften auf dem Fahrzeug rumturnen, Söhnke und Jasper erklärten ihnen, wie alles funktionierte. Sie ließen sogar ein paarmal den Motor an.

Dann kam der Mercedes 136 angerollt, den Manz schon in Waren gesehen hatte. Ein enorm fetter Mann in Parteiuniform stieg hinten aus. Manz erkannte außerdem Majas Galan, der offenbar so was wie sein Chauffeur war. Jedenfalls hielt er ihm die Tür auf und begleitete seinen Chef bis aufs Podium, wo er sich leicht breitbeinig schräg hinter ihm aufbaute. Dort oben hielt der Dicke nun eine lange Rede. Sie begann mit einer schier endlosen Aufzählung des bereits Erreichten. Dann wurde es geschichtlich. Sogar auf die Abschaffung der Leibeigenschaft kam er kurz zu sprechen.

»Erst 1823! Von da bis zu dem, was jetzt erreicht wurde, das war ein weiter Weg. Seit einigen Jahren wird dieser Weg nun schneller gegangen. Schneller und vor allem gemeinsam.«

Zuletzt ging es um bessere Traktoren und Mähdrescher sowie den Plan, die Knicks zwischen den Feldern zu entfernen, damit die Flächen für die neuen Landmaschinen größer wurden.

Als daraufhin Söhnke Richtung Bühne rief, dass man in Mecklenburg schon immer Knicks hatte … »damit der Wind nicht die Krume wegbläst und die Felder austrocknet!« … wurde er von Majas Galan mit ein paar Sätzen Geschichtsunterricht bedacht.

»Du lebst nicht mehr in Mecklenburg, Söhnke. Wäre gut, wenn du dir das irgendwann mal merkst.«

»Ach, nicht in Mecklenburg? Was hat mir mein Vater denn da früher erzählt?«

»Weiß ich nicht. Aber seit auf dem zweiten Parteikongress der SED 1952 der planmäßige Aufbau des Sozialismus beschlossen wurde, ist das hier der Bezirk Neubrandenburg.«

»Gut, dass du es noch mal gesagt hast. Mein Gedächtnis …«

»Und wir werden Wohnungen bauen!«, unterbrach der dicke Söhnke, ehe der noch mal auf seinen Vater oder die Vergangenheit oder irgendeine Ackerkrume zurückkommen konnte.

»Und nicht wenige Wohnungen, das verspreche ich euch.« Auch die Wohnungen hingen irgendwie mit der Landwirtschaft zusammen, die nun auf wissenschaftlich fundierter Basis neu organisiert werden sollte.

Die Rede des Dicken kam nur bei einigen gut an, sodass nicht allzu doll geklatscht wurde.

Kaum waren er und Majas Galan abgefahren, ging es mit dem Bier und dem Wodka los. So besoffen wie an diesem Abend war der junge Manz noch nie gewesen. Er tanzte mit einigen Mädchen, nicht aber mit Maja.

Ja, und als der Himmel endlich schwarz war und milliardenfach gepunktet von Sternen, kamen die Raketen zum Einsatz. Das war der Höhepunkt. Die Frauen und Kinder gingen dann bald heim. Zurück blieben einige Dutzend Männer und junge Burschen zusammen mit viel Bier und Schnaps. Wie das endete, war abzusehen.

Trotzdem stand es am nächsten Morgen sehr positiv in der Zeitung:

FEUERWEHRFEST IN KLEIN-GLEVITZ

EIN VOLLER ERFOLG

Das stimmte natürlich, denn am Ende waren tatsächlich einige ziemlich voll gewesen.

Das Fahrrad

In der gleichen Ausgabe stand aber noch etwas anderes. Auf Seite drei, untere Hälfte. Es ging dabei nicht um Einbrüche oder Diebstahl. Und hier waren die Buchstaben auch längst nicht so groß.

Wer kennt diesen Mann?

Darunter ein Foto. Das Gesicht des Mannes war total verquollen und zerkratzt, die Augen geschlossen, er sah aus wie ein Toter.

Der Text unter dem Foto war nicht lang.

Unbekannter Verletzter

Auf der Waldeforster Straße in Demmin wurde gestern um kurz nach neunzehn Uhr ein Fahrradfahrer von einem Auto erfasst und schwer verletzt. Der Fahrer des PKW sagte aus, der Radfahrer sei ihm einfach vors Auto geradelt. Es ist – unsere Leser werden sich erinnern – schon der zweite schwere Unfall, der sich dieses Jahr auf der Waldeforster Straße ereignet hat.

Da das Unfallopfer keine Papiere bei sich hatte und bis

jetzt das Bewusstsein noch nicht zurückerlangt hat, bittet die Polizei um Mithilfe: Wer kennt diesen Mann? Bei dem Fahrrad handelt es sich um ein Damenrad, das offenbar aus Teilen verschiedener Räder zusammenmontiert wurde. Des Weiteren führte der Mann eine große Tasche mit sich. In der befanden sich stark verschlissene Kleidungsstücke zum Wechseln. Es ist möglich, so die Polizei, dass es sich bei dem Unfallopfer um einen Wanderarbeiter handelt.
Hinweise bitte an …

Weiter las Manz nicht. Er betrachtete die Aufnahme des Fahrrads und der Tasche.

Dann lief er rüber zum Spritzenhaus, wo Johansson zusammen mit Jasper, Söhnke und einigen Frauen gerade dabei war, Stände abzubauen, Flaschen einzusammeln und zwei Betrunkenen aufzuhelfen.

»Hier.« Manz hielt ihm die Zeitung hin. »Das klingt genau, wie Greta das Fahrrad beschrieben hat. Damenfahrrad steht da. Und die Tasche … Da. Ziemlich groß und auffällig. Die war ihr ja auch aufgefallen.«

»Hm.«

»Und dann noch hier! Wenn du dir das Fahrrad anguckst … ein extrem breiter Lenker. So, wie es sie früher mal gab. Auch das war ihr aufgefallen. Nur saß auf dem Fahrrad keine Frau, wie du meintest, sondern ein Mann.«

Johansson nickte. Und er tat das eine ganze Weile. »Ich glaube, jetzt müssen wir Kommissar Krogmann hinzuziehen. Und ich vermute, der wird noch mal mit deiner Greta sprechen.«

»Du glaubst, sie hat mich belogen?«

»Nun, der Mann hier auf dem Foto hat kaum Haare auf dem Kopf. Ich frage mich, warum sie den nicht sofort als Mann erkannt hat.«

»Sie sagte, sie habe nur auf das Fahrrad geachtet.«

»Klingt komisch für mich.«

Manz deutete auf das Foto. »Kann doch sein, dass er einer Frau das Fahrrad geklaut hat.«

»Ein paar Tage, nachdem es in der Nähe eines Hauses gesehen wurde, das dann abbrannte?«, grummelte Johansson. »Das müsste aber schon ein ziemlicher Zufall sein.«

Vernehmung von Greta Bockmöller

Das Dienstgebäude der Polizei stand in Waren, und der Raum, den man Krogmann für seine Vernehmung überließ, hatte kahle, etwas grob verputzte Wände. Die hatte man wohl gut dreißig Jahre zuvor mit weißer Kalkfarbe gestrichen. Farbe, die sich nun nicht mehr vollständig weiß zeigte, da es damals noch üblich war, in solchen Räumen zu rauchen.

An der Decke eine Reihe Neonlampen. Eine davon defekt.

Des Weiteren gab es eine Tür – hellgrau lackiert.

Zwei Kastenfenster – hellgrau lackiert.

Und es gab Fuß- und sogar Deckenleisten, die man ebenfalls hellgrau lackiert hatte.

So gesehen waren alle Raumkanten gut definiert.

Der hellgraue Tisch stand auf einem dunkelgrauen Dielenboden, er war schlicht, die vier Stühle um den Tisch herum ebenfalls.

»Du heißt Greta Bockmöller?«, fragte Kommissar Krogmann. Er war extra aus Neubrandenburg angereist. Sein grüner Dienstwagen stand vor dem Haus.

»Ja.«

»Du wohnst zusammen mit deiner Mutter auf dem Hof deiner Tante am Faulenroster Feldweg Nummer 3?«

»Ja. Meine Mutter ist die Schwester von Jule Brettschneider, der der Hof gehört.«

»Schön. Es geht um den 25. Juli dieses Jahres. Also den 25. Juli 1961.«

»Dachte ich mir schon.«

»Ich möchte, dass du nur antwortest, wenn du etwas gefragt wirst.«

Ihr Unterkiefer nahm seine Arbeit auf.

»Du hast dem Feuerwehrhilfsarbeiter Manz erklärt, du hättest an diesem Tag beobachtet, wie jemand mit einem Fahrrad hoch zum Pannwitz'schen Hof fuhr.«

Sie schüttelte den Kopf, ein Widerspruch, der Krogmann reizte.

»Du hast das nicht gesagt?«

»Darf ich jetzt antworten?«

Krogmann wurde laut. »Was soll das? Machst du dich über mich lustig?«

Sie schwieg.

»Also?«

Sie schwieg.

»Jetzt rede. Du wolltest was sagen.«

»Dass ich es nicht beobachtet habe, nur gesehen. Und

nur kurz. Ich war dabei, Disteln wegzuschneiden, da hab ich Besseres zu tun.«

»Auch wenn es kurz war. Hast du gesagt, dass auf dem Fahrrad eine Frau saß?«

Sie schüttelte erneut den Kopf. Es hatte etwas Stures. Es hatte etwas von einer Art, aus der man schließen konnte, dass sie selbst eine stundenlange Vernehmung durchhalten würde.

Krogmann schien das jetzt klar zu sein. Sein Gesicht wurde rot. Und es ruckte nach vorne. Noch weiter. Bis ganz nah an Greta Bockmöller heran. Gleichzeitig begann er, mit seiner linken Hand die Knöchel seiner rechten zu massieren. Diese rechte war zur Faust geballt. Das sah Johansson, und er wusste, dass Krogmann sich manchmal vergaß. Also ballte auch er eine Hand zur Faust. Und zwar die linke, mit der er Krogmann, falls nötig, Einhalt gebieten würde.

Johansson war kein Schwede. Sein Vater war kein Schwede, und sein Großvater war auch kein Schwede. Aber Johansson hatte einige Jahre auf einem Fischtrawler gearbeitet, Netze an einer langen Stange gehoben und Zugleinen in eine Führschiene eingeklinkt. Teils bis zu zwei Tonnen Hering am Stück. Schwere Arbeit, man sah es ihm an. Wäre es also nötig gewesen, dass er Krogmann mit seiner Linken Einhalt gebot, dann hätte es im Gesicht von Krogmann ein Geräusch gegeben, wie man es hört, wenn man sich am Saum des Meeres auf einen Haufen Muschelschalen stellt. So einfach war das, so unmissverständlich, so klar wie ein gesprochenes Wort.

Nun, es kam nicht so weit. Krogmann sah, begriff und versuchte es noch einmal mit Fragen.

»Also, was hast du gesehen?«

»Ein Fahrrad mit jemand drauf.«

»Eine Frau?«

»Dachte ich, weil es ein Damenfahrrad war. Und eins mit breitem Lenker.«

»Das ist alles?«

»Eins mit breitem Lenker. Das ist alles. Ich war da, um Disteln zu schneiden.«

»Es wird ja wohl einen Grund geben.«

»Wofür?«

»Dass du dachtest, es wäre eine Frau.«

»Auf dem Fahrrad?«

»Du hast sie gesehen, und ich will wissen …«

»Ich habe sie nicht gesehen. Ich sah nur ein Fahrrad mit einem breiten Lenker und mit jemand drauf. Und weil es ein Damenfahrrad war, dachte ich vielleicht: eine Frau. Sonst weiß ich nichts, weil … Ich war da, um Disteln zu schneiden.«

›Ich war da, um Disteln zu schneiden.‹ Was für ein Satz!

Spätestens jetzt war allen am Tisch alles klar. Greta Bockmöller würde das mit den Disteln so oft wiederholen, bis Krogmann fertig war mit seinen Nerven. Vielleicht würde sie auch noch dies und das über die Haltung von Hühnern, Gänsen und Enten erzählen.

Wie klug oder auch nicht klug Greta Bockmöller war, ließ sich nicht beurteilen. Aber sie hatte ein topographisches Konzept. Und gegen dieses topographische Konzept würde Krogmann nicht ankommen. Sie war dagewesen, um Disteln zu schneiden. In einer Mulde, in der sich die Feuchtigkeit hielt. Vor einem Knick, bewachsen mit Schwarzdorn. Dreihundert Meter entfernt von dem Hof, auf dem sie geboren wurde und aufgewachsen war. Einem Hof, auf dem sie jeden Zentimeter kannte, in einer Landschaft, über die sie alles wusste, was zu wissen sich lohnte. Daran würde sie festhalten. Denn das war die Wahrheit. Ihre Tante hatte sie losgeschickt, die Disteln in der Senke mit der Sichel zu schneiden. Sie hatte keinen Plan, was ihre Blicke oder ihre Erinnerung anging. Dafür hatte sie einen Auftrag. Den ihrer Tante. Die hieß Jule Brettschneider und betrieb den Hof zusammen mit ihrer Schwester und einigen anderen Frauen.

So scheiterte Krogmann. Er prallte an Greta ab wie an einer Wand. Allein ihre von den Disteln noch immer zerschrammten Arme sprachen Bände.

Mit dem Auspuff von Krogmanns Wagen schien etwas nicht zu stimmen. Jedenfalls war er sehr laut, als der Gescheiterte abfuhr.

Manz fand Gretas Haltung sehr stark und die von Kommissar Krogmann sehr schwach. Einer wie ihr durfte man so nicht kommen. Mit Drohungen und lauter Stimme. Um das zu wissen, musste man kein Kommissar sein. Dafür reichte es aus, auf einem Pankower Schulhof Mädchen wie Greta erlebt zu haben.

Der lange Tisch

Sonne, Sonne, Sonne. Jeden Tag.

»Komm, Manz, wir stellen die Tische auf.«

Johansson hatte beschlossen, »für alle«, wie er sagte, zu kochen. Alle, das waren außer seiner Tochter und

Manz natürlich seine beiden Feuerwehrmänner Söhnke und Jasper sowie Majas Freundin Eva und natürlich ihr derzeitiger Galan.

An den Pfarrer dachte Johansson ein bisschen spät, aber der Geistliche konnte sich freimachen und erschien pünktlich.

Alle, das waren also am Ende acht Personen. Zusammen mit Manz hatte er zehn Forellen beim Fischer besorgt, einen großen Sack gute Kartoffeln, Kopfsalat viel Butter und einiges an Wein und Bier.

Die Tafel bestand aus zwei der Tische, die sonst beim Feuerwehrfest als Verkaufsstände zum Einsatz kamen. Manz und Johansson hatten sie hinter dem Haus im Garten unter dem großen Walnussbaum aufgestellt.

»Wieder die ollen Dinger mit den Wackelfüßen?«, hatte Maja gefragt, als sie die Tische sah, die die schwitzenden Männer je zu zweit trugen.

»Hast du einen besseren Vorschlag?«

»Du hättest den Pfarrer fragen können.«

»Du meinst den Kommunionstisch? Weißt du, was der wiegt?«

Maja hatte daraufhin mit ihrem Zeigefinger zweimal an ihre Stirn getippt, weiße Tischdecken aus dem oberen Stockwerk geholt, sie aufgelegt und alles sehr hübsch eingedeckt.

Vasen aus Steingut gab es von Johanssons Vorgänger und dessen Frau mehr als genug. Blumen aus dem Garten natürlich auch. Dazu riesige Teller, die ebenfalls zum Haus gehörten und wohl gut hundert Jahre auf dem Buckel hatten. Das Besteck war auch nicht viel jünger, aber gut poliert und geschärft.

Drei Meter neben dem Tisch lag Holz für ein Feuer bereit. Das aber würde man erst entzünden, wenn es kühl wurde. Also später. Vermutlich sogar viel später, denn noch flutete die Sonne knallrot durch die Pflaumenbäume, und die Temperatur betrug satte 28 Grad.

»Also!«, sagte Söhnke und hob seine Flasche.

»Also!«, riefen andere.

Dann wurde getrunken.

»Du hast was vergessen, Söhnke! So geht das nicht«, monierte Jasper.

»Was hab ich vergessen?«

»Worauf wir trinken. Das gehört doch dazu.«

»Na, auf uns, auf das Feuerwehrfest, und darauf …« Söhnke fiel nicht ein, worauf noch.

»Na, reicht doch«, sagte Jasper und hob noch mal die Flasche. Die anderen taten es ihm nach.

Kling-klang.

Manz sah alles, was am langen Tisch vor sich ging, mit einer Genauigkeit, als würde es ihm wie auf einer Bühne präsentiert. Und es gab ein Rätsel. Es war dicke warm, fast drückend. Und doch war der, wie es Manz schien, sehr glatte, fast schon silbrige Stamm des Walnussbaums vollkommen klar zu erkennen. Ohne schwebende oder schwingende Luft davor.

Überhaupt war alles um diesen Tisch herum und auch im Garten ganz klar, ganz rein in den Farben und sehr konturiert. Also so, wie manche Maler der realistischen Schule es zeigten.

Als Söhnke bemerkte, wie Manz in die durchscheinend grün belaubte Krone des Walnussbaums hinaufsah, kamen sein Kopf und Oberkörper über den Tisch mit dem noch sauberen Tischtuch hinweg ein Stück vor, und er fragte in fast schon intimem Ton. »Weißt du, dass es hier in jedem Garten einen Walnussbaum gibt? Kennst du die Geschichte dahinter?«

»Nein.«

»Pass auf, das war so … Als Friedrich der Große … der sagt dir was?«

»Ja.«

»Als der begann, alle Ländereien, Städtchen und Dörfer Preußens zu besiedeln und zu fördern, da bekam jeder, der ein Grundstück besaß, von ihm … also von seinen Beamten … einen Walnussstecken. Der sollte gepflanzt werden und wachsen. Der Besitzer des Grundstücks besaß das Recht, alle Walnüsse zu ernten und so seinen Nutzen aus dem Baum zu ziehen. So weit verstanden?«

»Ja?«

Es war ganz still. Manz hatte das Gefühl, alle hörten ihnen zu.

»Jetzt kommt's«, fuhr Söhnke noch leiser fort. »Sobald nämlich der Baum sechzig Jahre alt war, so die amtliche Anweisung, sollte der Besitzer ihn fällen. Der Baumstamm war dann wieder Eigentum Preußens. Denn Preußen brauchte Nussbaumholz.«

Söhnke hörte an dieser Stelle auf zu sprechen. Von zwei trompetenden Kranichen abgesehen war es mucksmäuschenstill.

»Und wofür brauchten sie Nussbaumholz?«, fragte der junge Manz fast schon ergriffen.

»Um daraus Schäfte für Karabiner und Musketen zu fertigen.«

»Ah, ja?«

Mehr Pointe war aus Söhnkes Geschichte nicht rauszuquetschen. Erst mal nicht! Dann aber fragte Manz: »Stimmt das überhaupt? Oder erzählst du mir was?«

Und da, nicht vorher, fingen alle am Tisch an zu lachen. Es war ein Lachen, das so viel bedeutete wie: Du bist jetzt dabei, du darfst mit am Tisch sitzen.

Nachdem dieses bemerkenswerte Lachen geschafft war, wurden neue Flaschen geöffnet …

Kling-klang.

… und nachdem alle getrunken hatten, meldete sich der Pfarrer zu Wort. »Sag, Johansson …« Er griff an die Tischplatte.

»Was denn?«

»Wieder die ollen Wackeltische vom Feuerwehrfest? Die sind doch irrsinnig schwer. Warum nimmst du nicht die neuen?«

Blick von Maja, die gerade Schüsseln mit Salat auf die weiße Tischdecke gestellt hatte.

»Die Kommunionstische? Wer soll die tragen?«

»Nein, die meine ich nicht. Die neuen!«

Majas Augäpfel drehten sich nach oben, während sie gerade die vier aus roten Backsteinen gemauerten Stufen hochstieg, um zurück ins Haus zu gelangen.

»Es gibt neue Tische?«, fragte Johansson.

»Stehen in der Sakristei.«

»Ich wusste nicht, dass es neue Tische gibt.«

»Na, jetzt weißt du es«, erklärte Söhnke mit kräftiger Stimme. »Wir haben zwei leichte, gute, neue Tische, die nicht wackeln.« Eine Bemerkung, für die er mit einem kleinen Gelächter belohnt wurde.

Jetzt kamen drei, die Manz nicht kannte, und dann drehte sich das Gespräch eine ganze Weile um die Rede des Dicken aus dem 136er Mercedes. Über den Dicken wurde nicht gut geredet, obwohl doch seine Rede so eifrig gewesen war und von einer besseren Zukunft gehandelt hatte. *Wie es aussieht*, so jedenfalls verstand es Manz, wurden Bauern enteignet. Und offenbar *geschieht das recht spät*.

»Bis jetzt haben wir gemeint, das geht an Klein-Glevitz vorbei. Aber wie ihr seht ...«

Ähnliche Enteignungen waren, wie es schien, bereits seit den fünfziger Jahren in Gang. Was wiederum zur Folge hatte, dass viele, *wenn nicht sogar massenhaft*, Bauern in den Westen gegangen waren. Das alles war neu für den jungen Manz und hing irgendwie mit der Rede des Dicken zusammen.

»Nimmst du einem Bauern sein Land, dann nimmt er sich entweder das Leben oder er geht.«

In Berlin hatte Manz noch nie von der Flucht irgendwelcher Bauern gehört. Jedenfalls war das an der Wilhelm-Piek-Oberschule bis jetzt noch nicht dran gewesen.

Mehrere Fälle von Selbstmord wurden aufgezählt und mehrere Fälle von Flucht. Dann ging es noch um eine geheimnisvolle »Aktion Rose«, die irgendwas mit der Enteignung von Hotels und Dienstleistungsunternehmen oben an der Ostsee zu tun hatte. Manz als angehender Matrose hätte das eigentlich interessieren müssen. Aber so war es nicht. Im Gegenteil. Er wurde zunehmend ungeduldig, fast schon wütend. Die Gespräche drehten sich um alles Mögliche, nur nicht um den Brand bei Pannwitz. Der war ziemlich am Anfang knapp abgehandelt worden, als der Pfarrer fragte: »Weiß man denn da schon etwas Näheres?«

»Vielleicht Brandstiftung«, hatte Johansson geantwortet. »Oder sie haben ihr Haus selbst angezündet.«

Daraufhin hatte Söhnke in zynischer Manier gelacht. »Ach komm, Johansson. Selbstmord, so was gibt es bei uns doch nicht.«

»Schlimm«, sagte der Pfarrer. »Und was ist mit Hilla und Kirsten?«

»Die hat man erst mal in Waren untergebracht.«

»Aber doch hoffentlich nicht in der Klinik mit den Verrückten.«

»Nur für ein paar Tage. Der Kommissar aus Neubrandenburg muss sie vielleicht noch ein zweites Mal befragen.«

Wieder wurde von einigen auf den Tisch geklopft. Manz verstand nicht, was dieses Ritual zu bedeuten hatte.

»Und dann? Was passiert dann mit den Mädchen?«

»Offenbar gibt es eine Verwandte, die die beiden aufnehmen wird«, erklärte Johansson.

Als Eva, eine Freundin von Maja, zusammen mit Majas Galan eintrudelte, wurde das Thema gewechselt. Es ging bei dem nun mit Konzentration geführten Gespräch noch einmal ausführlich um das Feuerwehrfest. Offenbar war es zu einer nicht eben unproblematischen »ewig langen Küsserei« gekommen, die Manz entgangen war.

Dann bat Söhnke den Pfarrer: »Sag uns doch mal was Schönes auf. Dass es hier etwas feierlicher wird.«

Und so rezitierte der Pfarrer aus dem Stand ein Gedicht. Manz traute seinen Ohren kaum.

»Diese Nachmittage im September / Wenn die Fernen

leuchtend winken / ahnen wir den Hauch schon vom November / spüren wir schon das Versinken.

Wolke reiht an Wolke sich im Blauen / goldbestäubt und lilafarben / Schatten gleiten über die genauen / Stoppelfelder mit den Garben.

Wie aus leichtem Glase ist der Hügel / ist die Weite, ist die Nähe / Lautlos dreht die Mühle ihre Flügel / wie wenn es im Traum geschähe.«

Stille erst mal. Auf Manz wirkte das, als würden sich alle schämen.

Dann sagte Söhnke: »Ein Gedicht von Hausmann, wenn ich nicht irre.«

Der Pfarrer nickte.

»Aber Hausmann gehört eher nach Bremen als zu uns, oder?«

Keiner am Tisch wunderte sich über diese Erklärung, denn Söhnke hatte es mit Gedichten. »Schöne Zeilen, keine Frage, aber ... meine Mutter mag den nicht.«

»Sie mag Hausmann nicht? Wie kommt sie drauf?«, fragte der Pfarrer.

Daraufhin mischte sich Majas Galan ein. »Er redet zu viel vom Wind, vom Traum und vom Licht. Er malt Bilder, ohne was zu erklären.«

Das Gesicht des Pfarrers hatte sich etwas gerötet. »Malt Bilder? Das ist ja völliger Unsinn! Hausmann hat immer Stellung bezogen.«

Es entstand eine ziemliche Anspannung am Tisch. Das jedenfalls empfand der junge Manz, ohne irgendetwas über die Hintergründe im Einzelnen zu wissen.

»Es ist nur ein Gedicht über eine Landschaft«, bemühte sich Johansson, die Wogen zu glätten. Und wie es aussah, schaffte er es. Jedenfalls ließ Majas Galan Dichter und Pfarrer in Ruhe und Söhnke lenkte ein. »Na, dann auf die goldenen Garben und die leuchtende Zukunft!«

In diesem Moment kam Maja mit dem Fisch.

Manz machte beim Essen eine gute Figur. Jedenfalls wusste er, wie man Zander auf dem Teller so filetiert, dass man sich nicht ständig Gräten aus dem Mund fischen muss.

Kaum waren alle fertig mit dem Essen, kam noch ein Freund von Söhnke, den er offenbar eingeladen hatte, ohne Johansson Bescheid zu sagen.

»Für die Forellen kommst du zu spät, Roger«, sagte Johansson, den der zusätzliche Gast nicht weiter aus dem Konzept brachte.

»Macht nichts. Ich vertrag sowieso keinen Fisch.«

»Umso besser. Hol dir einen Stuhl.«

Die Gespräche kamen nun auf einige Fragen landwirtschaftlicher Natur und konzentrierten sich anschließend auf die geplante Fällung der Großen Rüster auf dem zentralen Dorfplatz.

Majas Galan konnte dieses kleinkarierte Gemecker nicht einfach so stehen lassen. »Da, wo diese innerlich längst verfaulte Rüster steht, die ihr so bejammert, wird die Partei nächstes Jahr ein neues Spritzenhaus bauen. Mehr als doppelt so groß wie das alte! Und hochmodern. Weil Klein-Glevitz Zuwachs erwartet. Schließlich werden auf dem Grundstück von Pannwitz und den angrenzenden Feldern zweihundert Menschen angesiedelt, die dann in einer ganz neu organisierten Landwirtschaft …«

Manz glaubte seinen Ohren nicht zu trauen. Er fing an, Johanssons Gäste zu beobachten. Keiner von denen, ja nicht mal Johansson selbst, sprang auf dieses Bauvorhaben an. *Wohl längst bekannt.*

Und so ging alles seinen Gang, als wäre nichts geschehen. Jasper und Söhnke tranken am meisten und kannten sich offenbar schon sehr lange. Jedenfalls hatten sie es sich angewöhnt, sich gegenseitig wüst zu beleidigen, was beide sehr genossen. Auch Roger stimmte in dieses Spiel mit ein. Dem Pfarrer gefiel das. Offenbar nahm er Söhnke nicht weiter krumm, was der über Hausmann gesagt hatte.

Wenn die Fernen leuchtend winken, spüren sie wohl das Versinken. Ahnen auch den Hauch schon vom November. Die Zeilen kennt Manz. Nicht wörtlich, nicht ganz in der Reihenfolge, aber das Wichtigste kam doch vor.

Davon abgesehen fand er es interessant, wie das Gespräch zwischen Landwirtschaft, Feuerwehr, Beleidigung mit Schulterklopfen und einer geplanten Heirat in einer Weise hin und her ging, als hätte alles mit allem etwas zu tun. Majas Freundin Eva hörte zu, ohne selbst etwas zu sagen. Sie wirkte ein bisschen gelangweilt, lächelte aber, sobald die anderen lachten. Maja war damit beschäftigt, Sachen rein- und rauszutragen. Und dann war da noch ihr Galan.

Er saß, von Manz aus, am linken Kopfende des Tischs, wirkte ganz und gar in sich versunken, schien sich nicht wohl zu fühlen und sah hin und wieder unauffällig auf seine Uhr.

Einmal wurde es sehr laut, ja fast roh. Das ging dann über in Gesang. Recht gut abgestimmten Gesang, wenn Manz bedachte, wie viel der Chor bereits intus hatte.

Noch während des Gesangs kam die Gemeindeschwester und unterrichtete die Männergesellschaft darüber, was so alles los war in diesem und jenem Haus. Und in Waren. Und auch sonst. So *wie die redet*, dachte Manz, *brauchen sie hier eigentlich keine Zeitung.*

Und während das alles im Laufe von vielleicht drei Stunden passierte, wurde über vieles, ja fast alles ausführlich gesprochen ... *nur über den Brand bei Pannwitz und über die beiden Toten kein Wort.*

Manz verstand das nicht. Wie konnten Menschen, die die Toten doch sicher gekannt hatten, einfach darüber hinweggehen? Wie konnten sie sich, wo es doch vermutlich um Brandstiftung und Mord ging, so lange und mit solchem Interesse über eine zu installierende Werkbank, Glück bei einem Angelausflug und eine von allen längst erwartete Heirat unterhalten?

Er fand das unanständig. Gleichzeitig aber auch interessant. Manz stellte sich vor, dass alle von den beiden Toten wussten, dass es alle irgendwie anging. Und unter dieser Annahme betrachtete er dann ihre Gesichter, ihre Gesten, hörte ihr Lachen und registrierte sehr genau, was sie sagten.

Dann ereignete sich eine kleine Tragödie. Maja war endlich fertig mit all dem, was sie zu erledigen hatte. Sie setzte sich an den Tisch neben ihren Galan. Der schien darauf nur gewartet zu haben. Er richtete seinen Oberkörper ruckartig auf, machte sich groß, blickte – diesmal sehr demonstrativ – auf seine Uhr, stand auf und ging.

Maja, das war nicht zu übersehen, hatte sich furchtbar erschrocken. Ein Blick zu Eva. Die hatte das offenbar nur halb mitbekommen und zog ihre Schultern hoch.

Maja sprang auf, lief ins Haus, ihrem Galan hinterher. Eva folgte. Wobei sie, das war nicht zu übersehen, alles andere als sicher auf den Beinen war.

Die Männer schien das nichts anzugehen.

Fünf Minuten später kam Maja wieder raus. Sie hatte geweint, ihr Gesicht war knallrot. Eva kam ihr ein paar Sekunden später nach, wobei sie stolperte und beinahe die vier aus roten Backsteinen gefügten Stufen von der Küche zum Garten runterfiel. Kaum, dass sie wieder sicher stand, sagte sie irgendwas zu Maja. Dafür fing sie sich eine ein. Eine ziemliche Ohrfeige war das.

Da erst unterbrachen die Männer ihr Gespräch. Es wurde von einem Moment zum anderen unangenehm still. Eva hielt sich die Wange. Aber es war nicht zu übersehen, dass sie sich innerlich aufpumpte, dass gleich etwas kommen würde.

Es kam aber nichts, denn Johansson sagte mit fester Stimme: »Könnt ihr das bitte drinnen erledigen?«

»Du und deine …«, setzte Maja an.

»Ich hatte dir gesagt, dass er der Falsche ist. Und du weißt es auch selber. Der ist trocken wie eine alte Pflaume.«

»Stock im Arsch, der Arsch«, ergänzte Jasper, wobei Söhnke und Roger nickten. Und es wurde auch wieder auf den Tisch geklopft.

»Jetzt rein und macht das da unter euch aus.«

Das geschah.

Der Pfarrer wirkte irritiert, ja, beinahe sah es aus, als wollte er den Mädchen folgen. Söhnke sah ihn nur kurz an und schüttelte sachte den Kopf. Also blieb der Pfarrer am Tisch sitzen, und das Gespräch wurde da fortgesetzt, wo es unterbrochen worden war. Nämlich bei seinem letzten Angelausflug.

Manz war entsetzt. Schlimmer noch. Es schien ihm, als wisse er gar nicht mehr, wo er war. *Falsch irgendwie.* Maja hatte gelitten. Geweint. Und ihre Freundin Eva ... Die hatte was Falsches gesagt und sich dafür eine eingefangen. Es war eine schlimme, eine sehr schlimme Situation gewesen. In Berlin, da war Manz sich sicher, wäre man nicht einfach darüber hinweggegangen. So wie man auch über zwei tote Menschen nicht einfach hinweggegangen wäre.

Dabei war das Verrückteste noch gar nicht passiert. Eine Viertelstunde später nämlich kamen Maja und Eva wieder raus, setzten sich an den Tisch, schenkten sich Wein ein und begannen, miteinander zu reden. Zunächst noch ernst. Kurz darauf jedoch wurde das Gespräch fröhlicher, sie lachten sogar. Da die Männer, zwischen denen er saß, zu laut waren, konnte Manz nicht verstehen, worüber sie sich da mit so viel Amüsement unterhielten.

Nur einmal hörte er Eva sagen: »So darfst du nicht reden, Maja. Wirklich nicht. Das ist gemein. Das hat er nicht verdient.« Eine Bemerkung, über die beide sich so amüsierten, dass ihnen der Wein aus den Gläsern schwappte.

Komische Leute, dachte Manz.

Und dann hörte er Roger fragen: »Sag mal, Johansson. Pannwitz. Die beiden Toten ...«

»Alles noch offen.«

Und da reichte es dem jungen Manz. »Es ist nicht alles offen. Wir glauben, dass es was mit dem Fahrradfahrer zu tun haben könnte, der in Demmin überfahren wurde.

Und ist das Zufall, dass ein Haus abbrennt und man auf dem Grundstück bauen will?«

»Wie kommst du denn darauf?«, fragte Roger und sah Manz an. Er wirkte in diesem Moment gar nicht mehr so besoffen wie noch kurz zuvor. Auch die anderen waren auf einmal ganz verändert. Vor allem ihre Augen. Und da begriff Manz. Es hatte sie die ganze Zeit beschäftigt. War in ihnen umgegangen. Hatte am Grund des Sees im Schlamm gewartet, so wie es ein Wels tut. Sie hatten nur nichts gesagt.

»Wie ich drauf komme?«, fragte Manz. »Weil genau so ein Fahrrad, wie der aus Demmin eins hatte, kurz vor dem Brand gesehen wurde, wie es in Richtung Pannwitz-Hof fuhr. Leider liegt der Radfahrer im Koma und wird vielleicht sterben. Wir können ihn also nichts fragen und wissen auch nicht, wer er ist.«

Das Koma interessierte Roger kein bisschen und auch nicht das Sterben. Das Fahrrad dagegen schon. »Was meinst du mit ›genau so ein Fahrrad‹? Sehen die nicht alle gleich aus?«

»Tun sie nicht. Dieses hier hatte einen sehr breiten Lenker, so wie man sie vor langer Zeit hatte, und es war ein Damenfahrrad, obwohl der Fahrer ein Mann war, und da war auch eine große Ledertasche hintendrauf, die die Zeugin gesehen hat.«

»Ein breiter Lenker, sagst du? War das Fahrrad aus verschiedenen alten Fahrrädern zusammengesetzt?«

»Ja.«

»Dann ist es das Rad von Jurek. Der kommt und geht. Hilft mal hier aus und mal da. Zuletzt war er auf dem Hof vom alten Rechlin bei Bredfeld.«

»Du siehst«, sagte Johansson.

Was soll ich denn sehen? Das, was du nicht sehen willst?

»Na, das ist jetzt aber interessant, oder?«, fragte der Pfarrer. »Und ich denke, jetzt können wir reden.«

Und auf einmal, sprachen die Männer über das, was sie wirklich dachten und glaubten. Es war nichts Schönes, was da gesagt wurde.

Zwei Stunden später half Manz Maja mit dem Abwasch.

»Ein komisches Essen«, sagte er. »Erst wird nur geplappert, und dann auf einmal haben sie so schlecht über unser Land geredet. Und wieder kein Wort über die Pannwitz. Über zwei Tote, die alle kannten. Stattdessen ging es die ganze Zeit um irgendwelche Bauern, die abhauen, und diese Aktion Rose.«

»Brauchst du immer so lange, bis du mal was begreifst?«

»Warum?«

»Weil sie eigentlich die ganze Zeit über Tote gesprochen haben. Und damit meinten sie auch das Ehepaar Pannwitz.«

»Verstehe ich nicht.«

»Musst du auch nicht. Du fährst bald nach Berlin zurück, da interessiert das sowieso keinen.«

»Was interessiert keinen?«

Sie schwieg und reichte ihm den nächsten Teller zum Abtrocknen.

Manz kapierte nicht, was das sollte. Er begriff nur, dass Maja offenbar etwas gegen Berlin hatte. Also wurde erst mal geschwiegen. Sie waren schon fast fertig mit ihrem Abwasch, als Manz sich dann doch endlich traute.

»Du hast vorhin geweint.«

»Zum letzten Mal. Jedenfalls wegen ihm zum letzten Mal.«

Und da sagte Manz in einer Weise, wie es einem manchmal passiert, dass man etwas sagt, ehe überhaupt ein Gedanke da ist: »Wie schade, ich hätte ihn gerne näher kennengelernt.«

Dafür fing er sich einen scharfen Schlag mit den Handtuch ein, der brennend auf seinen linken Oberarm ging. Maja lachte. Offenbar hatte ihr sein Satz gefallen.

Besser nicht über Liebe reden

»Natürlich tut das weh, Matti. Aber ich glaube, man muss bei den beiden erst mal abwarten. Um zu verstehen.«

»Gut, aber warum giften deine und meine Mutter sich immer so an?«

»Eigentlich sollten wir nicht über diese Dinge reden.«

»Warum?«

»Weil ich mir nicht vorstellen kann, dass du von mir etwas Ehrliches über deine und meine Mutter hören willst.«

»Doch!«

Manz betrachtet ein paar Sekunden lang die Kappen seiner frisch geputzten Schuhe. »Nun, den einen Grund für diese Streitereien kennst du.«

»Wegen der Praxis. Weil meine Mutter keine urologische daraus gemacht hat, sondern eine neurologische? Es geht ständig um diese urologische Praxis von Onkel Jochen.«

»Nicht ständig, da übertreibst du. Aber ja, so drückt meine Mutter sich hin und wieder aus. Ach, guck mal!«

Manz zeigt aufs Wasser, Matti hebt den Kopf.

»Ich fand es schon als Kind ganz verrückt, dass die flussaufwärts geschoben werden und trotzdem die Kurven schaffen. Oder bei uns auf der Spree so gut um die Pfeiler der Brücken rumkamen.« Manz geht seinem Gedanken noch ein Stück weiter nach. »Jannowitzbrücke. Sagt dir das was?«

»Nein.«

»Na ja, als Dresdener … Ich war neun, als die fertig wurde. Schweres Gerät war da im Einsatz. Meine Mutter musste einige Male mit mir hin, als sie gebaut wurde. Und das hat sie gemacht.«

»Ich sag ja auch nicht, dass sie eine schlechte Mutter war.«

»Hast du dich mal für Brücken interessiert?«

»Ist das jetzt so was wie ein Gleichnis?«

Das lange, aus fünf Lastkähnen plus Schubschiff bestehende Wasserfahrzeug überholt sie langsam, während Manz und Matti weiter flussaufwärts auf dem Uferweg gehen.

Auch heute ist der Himmel wie leer gefegt. Zeigt sich blau über einer allgemeinen Kälte von minus sechs Grad. Das intensive Sonnenlicht und die gleißende Oberfläche der Elbe bewirken, dass sich nicht alle Entfernungen exakt einschätzen lassen.

»Also, wenn deine Mutter sich so ausdrückt, dass es klingt, als würde sie auf meine sauer sein, weil sie die urologische Praxis nicht weitergeführt hat, was heißt das dann?«, fragt Matti.

»Dann sagt meine Mutter etwas, meint aber was ganz anderes.«

»Und was?«

»Ich weiß nicht, Matti. Ich bin weit über siebzig und du gerade erst vierzehn geworden.«

»Und?«

»Ich weiß wirklich nicht, ob es dir gefällt, wenn ich anfange, dir zu erklären, welche Irrwege Menschen nehmen, wenn es um Liebe geht. Ich nehme doch an, dass du so was von mir nicht hören möchtest. Was ich sagen will ... Besser nicht über Liebe reden, oder?«

»Ja, du hast recht. Besser nicht über Liebe reden.«

Manz guckt auf seine Uhr. »In einer halben Stunde gibt es Kaffee und Kuchen. Lass uns umkehren.«

Auf dem Heimweg schweigen sie, gehen aber beide mit erhobenem Kopf. Manz kommt ein bisschen ins Grübeln. *Was ist denn los mit mir? Seit einem Jahr geht das jetzt so.* In ihm steigt ständig Altes auf. Schlimmer noch, es steigt Berufliches auf. Dabei hat er sich doch, genau wie seine Ruderfreunde, strikt vorgenommen, das Alte ruhen zu lassen und im Jetzt zu leben.

»Nicht zurück« hatte die Devise über Jahre gelautet. Seit seiner Pensionierung 2011 hat er sich daran gehalten. *Aber seit einem Jahr ...* bringt ihn irgendein innerer Mechanismus, ein unbestimmtes Wollen, über das er keine Kontrolle hat, dazu, von der Regel abzuweichen. So ganz im Trüben allerdings fischt Manz nicht, was diesen geheimnisvollen inneren Mechanismus angeht. *Hängt mit meinen Enkelkindern zusammen, weil die jetzt in ein Alter kommen, dass sie anfangen nachzudenken und Fragen zu stellen.*

Kurz gesagt: Der alte Manz nimmt seine Familie anders wahr als der mittlere oder der alternde Manz. Und seine Enkelkinder, jetzt wo sie anfangen, sich immer komplexere Fragen zu stellen, durchlaufen Stadien, die auch er erlebt hat. Ein alltäglicher Vorgang, den jeder Großvater kennt. *Die Wiederholung*. Es kommt Manz vor, als hätte er gerade ein magisches Wort gedacht. Wobei Wiederholung und Erinnerung für ihn keinesfalls das Gleiche sind. Die Frage – auf die Wiederholung bezogen – ist daher weniger eine nach der Erinnerung, sondern eine nach der Vorausschau. Ob es möglich ist, im Modus der Wiederholung die Zukunft zu sehen. Darum geht es Manz, während sie weiter flussaufwärts schlendern.

»Denkst du gerade sehr doll nach?«, fragt Matti.

»Wie kommst du drauf?«

»Du guckst so finster.«

»Weil du mich auf etwas gebracht hast.«

»Brauchst du noch Zeit?«

»Wofür?«

»Zum Nachdenken.«

»Ach, guck mal! Da ist schon wieder einer, der schiebt.«

»O ja«, sagt Matti. »Und so schnell. Da ist mächtig Druck dahinter.«

»Wieder einer aus Polen. Fünf Kähne, genau wie vorhin.«

Sie lassen auch dieses Gefährt an sich vorbeiziehen, betrachten das Geschehen in einmütiger Andacht. Auf dem Schleppkahn, der hier natürlich ein Schubschiff ist, steht hinten drauf: *Stettin*. Die Stadt liegt in Polen. Nach Mecklenburg-Vorpommern mit all seinem Weideland, seinen Wäldern, Alleen und Holperwegen ist oder war es von da aus nur ein kleiner Sprung.

Ist denn Jurek ein schwedischer Name

»Wie weit noch?«

»Warum fragst du?«

»Weil mein Hintern wehtut.« Er hatte das Wort Hintern mit Bedacht gewählt. »Die Wege hier oben sind scheiße.«

Maja brachte die Jawa zum Stehen, faltete ihre Karte auseinander, zeigte darauf.

»Nicht mehr weit. Zwei Kilometer ungefähr. Hältst du die noch aus?«

»Kurze Pause, okay?«

Maja bockte die Jawa auf und brachte ihre Haare in Ordnung. Manz ging an den Rand des Holperwegs und fläzte sich an die Böschung. Auch hier viel Klee. Offenbar war es das Jahr des Klees.

»Komm«, forderte er.

Maja zögerte, legte sich dann aber neben ihn. Auf den Rücken, so wie er.

Eine Weile schwiegen sie, dann sagte Manz: »Heute keine Milane.«

»Nein.«

»Und was ist jetzt mit deinem Galan?«

»Mit meinem was?«

»Deinem Freund.«

»Du meinst Armand?«

»Hast du mehrere?«

»Im Moment hab ich keinen.«

»Also ist Schluss.«

»Sieht so aus.«

»Und wieso heißt er Armand? Ist der Franzose?«

»Wie kommst du darauf?«

»Na, ich hab ihn nur gestern beim Essen gesehen, und da hat er wenig gesagt. Könnte doch sein, dass er Franzose ist und nichts gesagt hat, weil er ... Na, weil er eben Franzose ist und unsere Sprache nicht spricht. Wo er doch Armand heißt.«

»Armand wohnt bei seinem Bruder in Röbel.«

»Und warum hat er dann so einen Namen?«

»Ich glaube, die hatten hier mal französische Kriegsgefangene.«

»Du glaubst? Hast du ihn nicht gefragt?«

»Red mal über was anderes.«

»Zum Beispiel?«

»Mord oder Brandstiftung«, schlug sie vor.

»Na, noch steht nichts fest. Und wir hätten wohl auch nie was Genaues erfahren, wenn Roger gestern nicht zufällig nach der Sache gefragt hätte. Keiner in Klein-Glevitz wusste was von diesem Jurek. Angeblich! Und es scheint auch niemanden weiter zu interessieren, dass zwei Menschen, die vermutlich alle kannten, ums Leben gekommen sind.«

»Ich glaube, da täuschst du dich. Die denken alle dran. Nur will keiner was sagen.«

»Warum?«

»Weil keiner will, dass so was hier passiert.«

»Vermutest du das nur oder ...?«

»Über das Wichtigste wird doch nie geredet.«

»Weißt du, was ich nicht verstehe?«

Von ihr kein Wort.

»Warum sich eine der Pannwitz-Töchter im Zelt umgezogen hat und die andere nicht.«

»Erwartest du, dass ich das weiß?«

»Nein, ich … ja, vielleicht fällt dir eine Möglichkeit ein.«

»Vielleicht haben sich ja beide im Zelt umgezogen, nachdem sie Feuer gelegt haben. Dann hat die eine gemerkt, dass ihre Sachen nach Benzin rochen oder angekokelt waren, was weiß ich. Also hat sie die Sachen irgendwo versteckt oder vergraben. Hast du im Haus danach gesucht?«

»Ja, aber nichts gefunden. Die beiden hatten zusammen ein Zimmer. Oben über der guten Stube. Und da war nichts. Da hat sich niemand umgezogen.«

»Vielleicht kommst du noch drauf.«

Manz wechselte das Thema.

»Was war denn falsch für dich an Armand?«

»Ich glaube, er verachtet uns.«

»Obwohl er dich liebt?«

»So was kommt vor.«

»Das ist doch Quatsch. Man verliebt sich doch nicht in eine und verachtet sie dann.«

»Das ist zu kompliziert für dich.«

»Aber du hast dich in ihn verliebt.«

»Ein bisschen.«

»Kannst du das? Dich ein bisschen verlieben?«

»Ich hab keine Lust, mit dir über so was zu reden.«

»Warum?«

»Weil du sechzehn bist. Kannst du jetzt wieder?«

»Was?«

»Mit deinem Hintern.«

»Klar.«

Der Hof, auf dem Jurek angeblich gearbeitet hatte, war tatsächlich ein klassischer Dreiseithof. *Genau wie Roger gesagt hat.* Drei Gebäude begrenzten einen rechteckigen Hof, bildeten also so was wie ein eckiges U. Nun ist aber nicht alles im Leben sauber klassisch, und so lag auch in diesem Fall das Gebäude rechts ein gutes Stück weit nach ... *rechts natürlich* ... verschoben und war zudem auch noch ein bisschen aus der Achse gedreht. Dort vor einer großen Toreinfahrt stand ein Traktor. Daneben zwei Männer, die gerade das Motoröl abließen.

»Tag«, sagte Manz.

»Habt ihr euch verfahren?«, fragte der Größere der beiden, nachdem er sie drei Momente lang mit seinen hellblauen Augen inspiziert hatte.

»Ich komme im Auftrag von Kommissar Johansson.«

»Der aus Klein-Glevitz?«, fragte der andere, er hatte ganz ordinäre braune Augen.

»Richtig. Es geht um einen Mann, der wohl hier gearbeitet hat.«

Die Knechte waren sofort bereit zu helfen. Was wohl vor allem daran lag, dass Maja dabei war und ihren Blicken nicht auswich. Diese Wirkung hatte Manz mit einberechnet. Und er hatte natürlich auch das Foto des angefahrenen Radfahrers dabei. Das hatte er aus der Zeitung ausgeschnitten und schön ordentlich auf ein Stück Pappe geklebt.

»Der hier. Den meine ich.«

»Und du arbeitest wirklich bei der Polizei?«

»Wie alt bist du? Doch höchstens achtzehn.«

»Neunzehn. Ich bin seit zwei Monaten mit der Grundausbildung fertig.«

»Und sie? Ist die auch bei der Polizei?«

»Sie ist die Tochter des leitenden Kriminalkommissars von Neubrandenburg.«

»Dein Ernst?«

»Ich stelle die Fragen, so geht es schneller«, sagte Manz in ganz selbstverständlichem Tonfall.

»Und?«

Er deutete auf das Foto. »Ich möchte von euch hören, wie er heißt. Wir wissen bereits, dass er hier gearbeitet hat. Aber wir brauchen mehr.«

Manz hatte seine Stimme etwas in Richtung Bass verstellt, als er das sagte. Maja drehte sich um und ging ein paar Meter weg. Vermutlich wollte sie Manz auf diese Weise schützen, seine Würde bewahren, denn es wäre sicher nicht gut, wenn die beiden Männer gesehen hätten, dass sie sich kaum noch beherrschen konnte, was das Lachen anging.

»Ja, das ist Jurek«, sagte der Große. Er trug die Kopfbedeckung eines Landsers.

»War ja zu erwarten«, sagte der mit den braunen Augen.

»Was?«

»Dass irgendwann die Polizei nach ihm fragt.«

»Was hat dieser Jurek hier gemacht?«

»Erntehelfer.«

»Genau.«

»Kommen ja immer mal welche vorbei und fragen. Wenn's gerade passt, stellt der Bauer sie für vier oder sechs Wochen ein.«

»Und es passte gerade«, ergänzte der Große und schob sein Käppi ein Stück weit zurück. »Wenn die scheiß Kommunisten hier endgültig alles übernehmen, gibt's das natürlich nicht mehr.«

»Was?«

»Erntehelfer.«

Manz erfuhr, dass Jurek bis vor vier Wochen auf dem Hof gearbeitet hatte.

»Keiner mochte ihn.«

»Kann daran gelegen haben, dass er kaum Deutsch sprach«, murmelte der Kleine mit den braunen Augen.

»Und dass er aggressiv wurde, wenn er getrunken hatte.«

»Und er hat viel getrunken.«

Jurek hatte in vielerlei Hinsicht einen schlechten Ruf. Unter anderem hieß es, er habe andere bestohlen und ...

»... sich an Mädchen rangemacht. Auch an welche, die noch sehr jung sind.«

»Also hat ihn der Bauer vom Hof gejagt.«

Nun war es so weit. Der Große nahm sein Käppi ab. Und indem er es noch in der Hand hielt, wies er auf ein gedrungenes Gebäude primitiver Machart, das etwa zweihundert Meter vom Hof entfernt auf der anderen Seite des Wegs stand.

»Aus Rache hat Jurek dann versucht, nachts den Heuschober anzuzünden.«

»Da hat er dann ein bisschen was abgekriegt.«

»Er wurde verprügelt?«, fragte Manz.

»Kann man so sagen.« Dem Kleinen mit seinen braunen Augen schien die Erinnerung an diesen Abend noch lebhaft vor Augen zu stehen. Manz sah das an seinem Blick und an der Art, wie er mit seiner Zunge über die Unterlippe ging.

Manz insistierte und wurde auf einen anderen Knecht hingewiesen.

»Jan konnte seine Sprache. Wenn, dann weiß der was.«

»Und Jan …?«

»Na, der da drüben, an der Pumpe.«

Damit war es getan. Der Große setzte sein Käppi wieder auf und half dem Kleinen, die Wanne mit dem Altöl unter dem Trecker hervorzuziehen. Das Öl darin war lackschwarz. Ein Anblick, den die Männer eine Weile genossen.

»Der da!«, sagte der Große noch mal. Zeigte auch noch mal Richtung Pumpe und beugte sich dann wieder hinab. Sie hatten zu arbeiten. Es war, als hätten Manz und Maja sich in Luft aufgelöst.

Jan an der Pumpe trocknete sich die nassen Hände an einem etwa dreihundert Jahre alten Lappen ab, der mit Sicherheit noch nie gewaschen wurde. Immerhin wusste er einiges. Zum Beispiel, dass Jurek weder Russe noch Pole war, wie Manz angenommen hatte, sondern …

»Na, aus Schweden.«

»Aber ist denn Jurek ein schwedischer Name?«

»Weiß ich nicht, aber Schwedisch war eindeutig seine Sprache.«

»Sprechen Sie denn Schwedisch?«

Jan machte ein kippeliges Zeichen mit der Hand. Das Gespräch litt ein wenig darunter, dass Jan sich aufführte, als sei er betrunken. Jedenfalls kicherte er ständig zwischendurch und schien weder Manz noch Maja ernst zu nehmen. Zuletzt aber wusste er zu berichten, dass Jurek beim Pannwitz'schen Hof neue Arbeit gefunden hatte.

»Da hat er sich offenbar auch nicht besser benommen und wurde nach zwei Wochen weggejagt.«

»Das wissen Sie mit Sicherheit?«

»Ja.«

»Woher?«

»Wurde im Fischer drüber geredet, und außerdem hab ich Jurek in Demmin noch mal getroffen, und da sagte er, dass er von Pannwitz noch Geld zu kriegen hat und dass er sich das auch todsicher holt.«

»Verstehe. Ich würde gerne noch mit dem Bauern sprechen.«

»Du meinst den alten Rechlin? Der ist in Demmin, Betonblöcke für den Aktivist holen.« Jan wies recht präzise auf den Trecker, der gerade neues Öl bekam.

»Wozu braucht der Aktivist Betonblöcke?«, fragte Manz.

»Die kommen vorne dran, weil der Aktivist zum Aufbäumen neigt.«

»Ah!«

»Mehr als ich kann der Bauer euch aber auch nicht sagen.«

Auf der Rückfahrt hielten Manz und Maja noch einmal an.

»Komm«, sagte Maja und bockte die Jawa auf.

Dann ging sie voran.

Wieder eine Böschung. Nur lagen sie diesmal nicht direkt am Weg, sondern hinter Büschen in einer sandigen Kuhle.

Der Sand war fast weiß.

Die Büsche – Haselnuss.

Vier Meter entfernt der Rand eines Feldes – gepflügt, aber nicht frisch gepflügt. Was leicht daran zu erkennen war, dass sich die Krume entlang der Bruchkanten bereits trocken zeigte.

Jenseits des Feldes ein Waldrand.

Am Himmel keine Milane.

Maja erwies sich auch bei diesem Halt als sinnlich und höchst beweglich.

Alles um sie und den jungen Manz herum war sehr allgemein, auch was die Gerüche, die Geräusche und die Lichtstimmung anging. Und doch war alles besonders. Denn das Besondere entsteht in manchen Situationen eher durch Empfindungen als durch die Erlesenheit des Tableaus.

Maja beschwerte sich hinterher. Ihre linke Gesichtshälfte war voller Sand, und sie musste spucken, weil … nun, der Grund ist leicht zu erraten.

Und so sagte sie, und das war direkt an Manz gerichtet: »Idiot!«

Sie zürnte, keine Frage. Sie ließ es ihn spüren.

Dann fuhren sie weiter. Maja war wütend, etwas hatte sie aufgebracht gegen ihn. Und doch war es so, dass sie kaum eine Viertelstunde gefahren waren, als Maja erneut in einen Feldweg abbog.

Manz sagte noch: »Nein, da müssen wir lang.«

Ihr egal.

Dreihundert Meter fuhr sie. Dann würgte sie die Jawa

ziemlich brutal ab. Scheuchte ihn runter, er dachte schon, sie wolle ihn hier zurücklassen. Wollte sie aber nicht. Maja bockte die Jawa auf, nahm Manz bei der Hand und zog ihn hinter sich her. Diesmal war es ein Holundergebüsch, und da dachte er schon … Aber sie ging weiter, führte ihn bis an den Rand eines Walds. Dort gab es einen Baum, der sich nur gut einen Meter über dem Boden in einer Weise teilte, dass man hätte meinen können: ein Kreuz. Da hing Maja sich rein. Halt fand sie mit den Händen und Armen an den Ästen links und rechts der Gabel.

Manz zögerte.

»Jetzt mach«, sagte sie.

So einfach, ja fast schon unbedacht ging Maja die Sache an. Gefahr bestand trotzdem nicht, denn Onkel Jochen hatte ihm ja genug Kondome mitgegeben.

Zurück in Klein-Glevitz ging Manz sofort zu Johansson und erzählte ihm, was sie auf dem Rechlin'schen Hof herausgefunden hatten.

Johansson hörte sich alles an, dann telefonierte er lange mit Kommissar Krogmann.

»Was sagt er?«

»Er nimmt das ziemlich ernst.«

»Das heißt dann aber, dass Hilla und Kirsten es wohl doch nicht waren. Hat er das geschluckt?«

»Ich glaube, ums Schlucken geht es so einem wie Krogmann nicht.«

»Weil er wie ein Wissenschaftler arbeitet. Weil er ein neuer Typus ist.«

»So ungefähr. Ich vermute, er wird all das, was du herausgefunden hast, erst mal gründlich überprüfen.«

»So gründlich wie die Tür oben beim Pannwitz'schen Hof?«

»Ich finde, es reicht. Du spielst dich ein bisschen zu sehr auf für meinen Geschmack.«

»Wo du das sagst ... Spielt sich Timo Wittfoth nicht auch auf?«

»Was hat der damit zu tun?«

»Weil er erst sagte, dass die Tür nicht abgeschlossen war, und dann, nachdem Krogmann mit ihm geredet hat, da stand sie plötzlich ein Stück weit offen.«

»Dann hat Timo sich vielleicht beim ersten Mal geirrt. Er hatte ja auch ein schlechtes Gefühl.«

»Weil er reingegangen ist, obwohl du gerufen hast: ›Schwelbrand‹.«

»Genau.«

»Weil man bei einem Schwelbrand keinen Sauerstoff ranlassen darf.«

»Richtig.«

»Und wie entsteht ein Schwelbrand, wenn die Tür halb offen steht?«

»Das alles wird, für den Fall, dass es vor Gericht eine Rolle spielt, ein Fachmann herausfinden.«

Am übernächsten Tag war Jureks Gesicht noch mal in der Zeitung. Diesmal ging es nicht um seinen Unfall, sondern darum, dass er ein herumstreunender Dieb und Brandstifter war. Offenbar hatte die Zeitung diese Information aus amtlicher Quelle. Jedenfalls standen in dem Bericht Sätze wie: »Kommissar K. aus Neubrandenburg sagt ...« Oder: »Kommissar K. wäre dankbar für Informationen.«

Offenbar war Krogmann nicht ganz so untätig, wie Manz angenommen hatte.

Gelogen oder nicht?

»Ich weiß jetzt etwas mehr«, sagte Johansson, als er am nächsten Tag aus Waren zurückkam. Manz hatte diesmal nicht mit dabei sein dürfen, denn es ging um eine ernste Sache, nicht um ein Herumfragen bei einer Kauffrau oder auf einem Hof.

Es war Johansson gelungen, die Pannwitz-Töchter, die mittlerweile in einem Heim untergebracht waren, ohne Beisein von Krogmann zu befragen.

»Und? Was sagen sie?«

»Sie haben mir erzählt, dass ihre Eltern vor einigen Wochen einen Hilfsarbeiter beschäftigt haben, der rausgeschmissen wurde, ohne den noch ausstehenden Lohn zu erhalten. Sie haben Jurek auch korrekt identifiziert. Der Grund für den Rausschmiss war wohl, dass er sich Hilla unsittlich genähert hat.«

Manz fasste noch mal zusammen, was er und Maja auf dem Hof vom alten Rechlin rausgefunden hatten. Zuletzt meinte er, Hilla und Kirsten seien doch nun eindeutig entlastet.

Johansson war nicht ganz überzeugt.

»Ich habe mit Krogmann gesprochen. Weil ich mich wunderte, dass die Mädchen diese Geschichte mit Jurek vorher nie erwähnt haben. Und das, obwohl er sie bereits mehrfach vernommen hat.«

»Was sagt er?«

»Er glaubt, dass die Geschichte von der unsittlichen Annäherung nicht stimmt.«

»Aber du hast doch eben gesagt, Hilla und Kirsten hätten Jurek identifiziert!«

»Schon, aber was ist das wert, nachdem sein Bild ein paarmal in der Zeitung war, zusammen mit dem Verdacht, er sei ein Dieb gewesen und Schlimmeres. Ich muss zugeben, dass Hilla und Kirsten Jurek sehr schnell identifiziert haben. Kirsten musste gar nicht nachdenken und sagte sofort: ›Ja, der hat ein paar Tage bei uns gearbeitet und ist Hilla nachgestiegen.‹ Für Krogmann jedenfalls wiegt die Aussage der Lehrerin schwerer, und die bleibt dabei, das Verhältnis der Mädchen zu ihren Eltern sei gestört gewesen.«

»Was bedeutet das?«

»Krogmann hat bereits mit der Staatsanwaltschaft gesprochen. Man wird einen Prozess führen und die Mädchen, bis der beginnt, in ein Erziehungsheim stecken.«

Manz hat eine Zukunft

Manz und Johansson fuhren noch mal nach Demmin, denn sie hofften immer noch, Jurek befragen zu können.

Ein Arzt erklärte ihnen, wie es um den Patienten stand.

»Er ist noch nicht aufgewacht, und ich bin nicht sicher, ob das überhaupt noch geschehen wird. Der junge Mann hat bei dem Unfall schwere Kopfverletzungen erlitten. Selbst wenn er wieder zu Bewusstsein kommt, kann es sein, dass sein Verstand … Gemüse.«

Sie durften trotzdem zu ihm.

Ein Bett aus Metallrohr. Weiße Bettdecke, weißes Kopfkissen. Ein Tisch aus Blech stand neben dem Bett.

Der Raum war abgedunkelt, hatte die Form einer länglichen Schachtel. Das Fenster mit dem nach unten gezogenen Lamellenrollo befand sich mittig an der Stirnseite. Durch feine Schlitze, die das Rollo frei ließ, drang ein scharf umrissener Fächer aus gestreiftem Licht in den Raum.

Manz erschrak ein bisschen, als er Jurek sah. Nicht wegen der Wunden, sondern weil der Mann, der da im Bett lag, viel jünger aussah als auf den Fotos. Die Schwellungen waren zurückgegangen, und das Gesicht auf dem weißen Kopfkissen sah sehr friedlich aus. Es war das Gesicht eines Zwanzigjährigen.

Auf der Rückfahrt sprach Manz es aus. »Der ist kaum älter als ich.«

»Hm.«

»Dass der sich in unsittlicher Weise aufführen muss … Warum, wenn er so aussieht? Er ist ziemlich blond.«

»Ist blond wichtig?«

»Na, weil einer der Knechte, die ich gefragt habe, meinte, er hätte nur Schwedisch gesprochen. Was hat ein Schwede wie er hier in der DDR zu suchen?«

»Ich weiß es nicht. Aber ich habe gehört, dass hin und wieder schwedische Facharbeiter aushelfen, wenn was gebaut wird.«

Manz überlegte. Irgendwie hatte er, als Johansson vom Bauen sprach, gleich an den alten 136er Mercedes denken müssen und an den Dicken, der auf dem Feuerwehrfest eine so feurige Rede gehalten hatte.

Denn da war es doch genau darum gegangen. »Neubauten mit einem hohen Standard!« Für Landarbeiter, wie es schien. Und das alles geschah nicht, weil irgendwer meinte, man könne es ja mal probieren, mit größeren Feldern und besserer Düngung. Nein, man hatte es auf wissenschaftlicher Basis beschlossen.

Hier oben in Mecklenburg, das war Manz nun klar, fand ein Wandel statt. Da wurde eins und eins ganz kühl zusammengezählt. Und ausgerechnet diese Gedanken über wissenschaftlich betriebene Landwirtschaft, Steigerung der Produktion und einen neuen Menschentypus brachten Manz auf Onkel Jochen und sehr alte Zeiten, weil ... *Fontane. Der Stechlin. Wie hieß der Alte denn noch? Der alte Dubslov? Duklitz? Dunk... Irgendwas mit Dunk oder Dutz ...*

Auch in Fontanes Buch war es um Neuerungen gegangen, um eine Art Aufbruch ins sozialdemokratische Neue hinein. So jedenfalls meinte Manz sich zu erinnern. Und jetzt kam der gelebte Sozialismus, wie der Dicke in seiner Rede das genannt hatte. Offenbar gab es in Mecklenburg einen Hang zum Roten und noch mehr Roten. Ganz sicher allerdings war Manz sich nicht, denn zum Ende des Buchs hin hatte er sehr schnell gelesen, war mehr so ... drübergegangen.

Am nächsten Tag, direkt nach dem Mittagessen, rief Johansson ihn zu sich. Sie saßen im Arbeitszimmer seiner Dienststube, wie er den Raum nannte. Manz war ein bisschen nervös. Johansson hatte ihn noch nie so förmlich zu einem Gespräch gebeten. *Vielleicht wegen Maja.* Er hielt es für möglich, dass sie ihrem Vater was erzählt hatte.

»Setz dich.«

»Ist was falsch? Weil ich mich zu sehr eingemischt habe?«

»Na, jedenfalls hast du dich mehr um die Ermittlung zum Brand gekümmert als um deine Arbeit als werdender Feuerwehrmann.«

»Ich habe den Hof jeden Morgen gefegt, den H3A gewaschen und zweimal abgeschmiert. Obwohl er nur rumstand.«

»Der H3A muss regelmäßig abgeschmiert werden. Ist eben so.«

»Also?«

»Die Dachziegel sind schon vor ein paar Tagen von den vergammelten Sparren gerutscht.«

»Mach ich gleich morgen.«

»Lass gut sein. Darum geht es nicht. Oder doch.«

Manz wurde warm.

»Dein Vater hat dich hergebracht, weil du angeblich zur Feuerwehr willst.«

Johansson hatte Onkel Jochen seinen Vater genannt. War dem jungen Manz dieser Gedanke fremd? Warum korrigierte er ihn nicht?

»Jetzt bist du seit fast vier Wochen bei der Feuerwehr, interessierst dich aber für was ganz anderes.«

»Wir können ja morgen den unteren Teil des Dachs abdecken und die Sparren mal komplett erneuern.«

»Darum geht es mir nicht«, sagte Johansson.

»Auch nicht.«

»Was ich sagen will: Feuerwehr ist nichts für dich. Und Matrose … dein Vater sagte mir, du willst Matrose werden?«

»Ja, ich möchte nach Rostock.«

»Junge, das ist Unsinn. Matrose … Du bist in meinen Augen so wenig Matrose wie Feuerwehrmann. Ich glaube, du solltest weiter zur Schule gehen. Vielleicht wirst du Arzt, du bist sorgfältig, bleibst dran. Ich glaube, Arzt ist eher dein Weg. Also mach Abitur und vergiss die Matrosen.«

Manz fiel nichts ein, was er hätte sagen können.

»Eins musst du mir jetzt aber mal sagen, Junge.«

Warum fing Johansson auf einmal an, ihn »Junge« zu nennen?

»Was hat dich an dem Brand so interessiert? Die Toten?«

»Tote interessieren mich nicht.« Manz hatte das schneller gesagt, als überhaupt ein Gedanke da war. Das Verrückte daran: Es stimmte.

»Wenn nicht die Toten, was dann?«

»Krogmann.«

Nun entstand eine längere Pause. Johansson bewies Geduld. Er saß hinter seinem Schreibtisch, halb verdeckt von Papierstapeln. Manz war verzweifelt. Er konnte nicht in vernünftigen Sätzen sagen, was ihn so an der Brandgeschichte interessiert hatte. Ihm war, als müsste er gleich platzen. Und dann platzte er ja auch. Jedenfalls sprach er hastig.

»Weil ich fand, dass Krogmann zu schnell war mit seiner Vorstellung, dass es die beiden Mädchen sein sollen. Außerdem hat er die Tür nicht untersucht.«

»Die Tür?«

»Haustür! Er hat überhaupt sehr wenig untersucht, weil, er hat einen Gedanken und dem steigt er nach. Redet. Versucht, Greta Angst zu machen und vielleicht auch den Pannwitz-Töchtern. Was hat das mit wissenschaftlicher Methode zu tun? Oder mit einem neuen Typus Ermittler, wie du das genannt hast?«

»Und sonst? Außer dass er die Tür nicht untersucht hat?«

Manz stand da. Ziemlich erhitzt. Aber diesmal platzte es nicht aus ihm raus. Diesmal kam es ganz sachlich.

»Außer der Tür? Er hat die Brandstellen nicht genauer untersuchen lassen, sondern sich auf zwei ältere Feuerwehrmänner verlassen. Er hat die elektrischen Leitungen im Haus nicht geprüft. Er hat nach keinem Kanister suchen lassen, wo es doch angeblich um Benzin ging. Nein, er hat sich gleich auf die Pannwitz-Töchter eingeschossen. Und dann auf Jurek.«

Jahre später, als Kommissar in Berlin, wird Manz manchmal zu seinem Kollegen Borowski oder auch zu Kriminalrat Rolfes sagen: Diese Schlussfolgerungen kommen mir viel zu schnell, wir wissen zu wenig, und die Spurensicherung ist noch nicht abgeschlossen.

»Zu schnell also«, sagte Johansson. »Du bist eher fürs Sammeln und Nachdenken, brauchst deine Zeit. Also, ich sehe für dich eine gute Zukunft. Zum Beispiel als Arzt. Aber bestimmt nicht bei der Feuerwehr, und schon gar nicht als Matrose. Mach dein Abitur.«

Manz war nach diesem Gespräch ziemlich durcheinander. Einerseits hatte Johansson ihn gelobt, andererseits aber nichts gesagt, was ihm wirklich hätte helfen können bei seiner Berufswahl. Außer natürlich: Er solle weiter zur Schule gehen.

Als er an diesem Punkt angekommen war, kam etwas

sehr Unangenehmes mit Macht in ihm hoch. Etwas, das er offenbar aus Berlin mit nach Mecklenburg geschleppt hatte.

Für seine Matrosenträume gab es nämlich einen Grund. Und das wiederum lag daran, dass er gerade die Zehnte abgeschlossen hatte. Fast die Hälfte seiner Klassenkameraden würde abgehen. Alle hatten einen Plan, was sie mal machen würden. Beruflich. Und im Leben. Selbst von denen, die weiter Richtung Abitur strebten, wussten fast alle, was sie später studieren wollten. Nur er selbst … er kam einfach nicht drauf. Es gab nichts, was ihn genug interessierte, um der Sache sein Leben zu opfern.

Jetzt hatte auch Johansson Andeutungen gemacht, dass Arzt eine Möglichkeit wäre. Ja, darauf würde es wohl rauslaufen. Was ja auch gut und sinnvoll wäre, weil Onkel Jochen irgendwann jemanden für seine Praxis brauchte.

Aber ob ich nun Urologe sein will mein Leben lang?

Manz ging in seine Kammer. Da der Raum sehr aufgeheizt war, zog er sich vollständig aus, legte sich auf sein schmales Bett, kitzelte sich selbst ein wenig, indem er mit seinem Zeigefinger in mittlerem Tempo kreisend seinen Bauchnabel umstrich. Dann, er war nun in der rechten Stimmung, dachte der junge Manz sehr intensiv und auch sehr en détail an Maja und ihre gemeinsamen Eskapaden im Klee und hinter dem Holunder. So operierend, entspannte er seinen Körper schlagartig und kam für einige Minuten in einen Zustand kosmischer Allwissenheit und Beruhigung. In diese Gestimmtheit verbracht, dachte der junge Manz, so fern der Gedanke an

Außenstehende auch liegen mag, kurz an Juri Gagarin, von dem ihnen ihr Klassenlehrer Rossmann so viel erzählt hatte. Aber das verging schnell und das alte Elend kroch wieder hervor.

Was für einen Beruf soll ich denn machen, später?

Er kam nicht drauf. Keine Idee. Also dachte er gleich noch mal an Maja, den Holunder und das für ihn neuartige Abenteuer mit dem gegabelten Bäumchen, in das sich Maja reingehängt hatte. Eine kurze Kontraktion innerlicher Körperpartien, und wieder kam das Gefühl angenehmer Gleichgültigkeit, wie auf Befehl.

Es gibt immer einen Weg. Der Satz war ihm im Modus erneut vollkommener Entspannung plötzlich eingefallen. »Der Kluge«, so hatte seine Mutter oft gesagt, »findet für jede Not eine Lösung.«

Weitere Zeit verging, er fühlte sich verquer …

Alle erwarten, dass ich weiß, wie es mit mir mal werden soll.

… fast schon zerrissen.

Was ist denn überhaupt ein Beruf?

Zu allem Überfluss knallte auch noch die Sonne genau auf sein Bett.

Du bist eher fürs Sammeln, hatte Johansson gesagt. Er selbst wäre niemals auf dieses Wort gekommen. Denn Sammeln klang nun wirklich nicht nach einem spannenden Beruf.

Als er nach Klein-Glevitz gekommen war, hatte er gemeint, ein Feuerwehrmann würde löschen, Gefahren und Probleme beseitigen und Menschen retten, indem er gegen die feindlichen Flammen anging. Jetzt war es so, dass er gegen den Tod des Ehepaars Pannwitz gar nichts hatte ausrichten können, da die beiden bereits tot waren, als er und die Feuerwehr ankamen.

Dieser Umstand und wohl auch Kommissar Krogmanns schnell ausgesprochener Verdacht gegen die Pannwitz-Töchter hatten ihn angespornt zu beweisen, dass die Mädchen unschuldig waren. Er hatte angefangen zu suchen, zu fragen und *zu sammeln*. Dann hatten er und Johansson mit der Lehrerin gesprochen, die von großen Problemen zwischen den Mädchen und ihren Eltern berichtete. Hilla schien ziemlich unheimlich, ja fast schon außer Kontrolle geraten zu sein. Oder war auch das nur eine Meinung? So wie seine von der Unschuld der beiden?

Um zu einem deutlicheren Bild zu kommen, musste viel mehr gesammelt, gefragt und erforscht werden. Aber so ein Sammeln und Forschen … reizte ihn das?

Ach, ja. Oder nein.

Er kam nicht weiter, wurde immer geblähter und fiebriger. An einigen Stellen seiner Haut bildete sich ein dünner Film.

Da er nicht weiterkam mit seinen Überlegungen, fing er an zu träumen. Obwohl … Es war eigentlich kein Träumen, es ging um Projektionen. Die kamen in Form von drei kurzen Experimentalfilmen in Schwarz-Weiß.

Filme

Eins hatten die Gedankenfilme, die nun aufstiegen, gemeinsam. Sie waren keine Filme, eher eine Abfolge von Szenen, in denen es zwar einige Bewegungsabläufe gab, doch waren die sehr begrenzt.

Der erste Film begann nachts.

Zu sehen war das Pannwitz'sche Haus. Auffällig die stark hervorgehobene Birke neben dem Eingang. Dann ein Sprung. In einem echten Film würde man von einem Schnitt sprechen. Sprung war aber besser, da es in der Zeit zurückging. Es war nun Tag. Ein Mann, der wie Jurek aussah, ging auf das Haus zu. Verharrte, noch ehe er den Eingang erreichte. Sah sich um. Schien zu überlegen. Dann trat ein anderer Mann auf. Er kam aus dem Haus. Die Männer begannen, nachdem sie sich kurz angesehen hatten, miteinander zu reden.

Jetzt, als sei eine Erklärung nötig, ein erneuter Sprung. Noch weiter in die Vergangenheit. Der Mann, der wie Jurek aussah, folgte einem Mädchen, das wie Hilla aussah, ins Gewächshaus. Nachdem beide verschwunden waren, sah man das Gewächshaus eine Weile wie in einem Stillleben. Links neben den Gewächshäusern zwei knorrige Apfelbäume, über alldem ein Himmel mit weißen Wolken.

Dann ein Schnitt, denn diesmal war es kein Sprung. Im Gewächshaus wird Hilla von Jurek bedrängt. Manz' Bildverstand produzierte dieses Bedrängen, indem er es wörtlich nahm. Jurek drückt Hilla gegen eine Wand. Der gelingt es, sich seitlich herauszuwinden. Sie läuft auf die Kamera zu, verschwindet im Off. Jurek als etwas verwischte schwarz-weiße Gestalt steht vor der Wand. Grinst er? Man kann es nicht sagen.

Nun geht es schnell. Hilla spricht aufgeregt mit ihrem Vater.

Schnitt.

Der Vater mit Jurek. Etwas Gewalt ist im Spiel. Wieder baut Manz' Verstand Worte bildlich nach. Die Worte lauten: vom Hof jagen.

Aber Jurek hat noch Geld zu kriegen. Diesen Teil bildet Manz' Verstand nicht als Film ab. Das weiß er.

Nun wieder ein Sprung. Eine Serie von Standbildern.

Ein silberhell leuchtender Mond, der silberhelles Licht über alles gießt. Das Haus. Die Birke am Eingang.

Jurek kommt an. Auf seinem Fahrrad. Am breiten Lenker ein Kanister.

Standbild des Fahrrads.

Jurek mit dem Kanister im Lagerraum.

Schwapp, schwapp.

Jurek mit dem Kanister an eine Ecke des Hauses. Schwapp, schwapp.

Sieht man sein Gesicht in all seiner bösartigen Häme? – Nein. Nur den Körper, den Kanister und ... Schwapp, schwapp.

Ein Streichholz.

Kleine Flammen.

Große Flammen.

Hoch zum Dach. Dann nach rechts rüber. Also genau so, wie es der Brandmeister aus Waren gesagt hatte.

Zwei Menschen in einem Bett. Schlafend. Löffelchen. Er hinter ihr.

Leichtes Zucken der Körper.

Stillleben des Interieurs.

Jurek radelt weg, auf seinem Fahrrad.

Schwenk über das Feld. Nachtwolken. Der enorm große Mond. Alles schwarz-weiß.

Diesen Film ließ Manz zweimal ablaufen. In leichter Variation.

Dann ein neuer Film.

Hilla und Kirsten in der Schlossschule.

Ein Raum, dessen Wände aus Spiegeln bestehen.

Mehrere Reihen Bänke. Die Schwestern sitzen zwischen anderen Schülerinnen und Schülern.

Fünfte bis neunte Klasse in einem Raum. So hatte es die Lehrerin ihnen erklärt.

Sprung. Ein Hof im Schloss. Viele Kinder.

Sonderbare Zwischenszenen, die ausdrücken, dass Kirsten und Hilla nicht mehr alle Tassen im Schrank haben.

Szenen eines Gesprächs mit der Lehrerin. Erst Hilla alleine. Dann Kirsten. Dann beide. Immer zwischen den Spiegeln.

Zuletzt ein Streit mit den Eltern in der guten Stube. Stumm, aber mit vielen eindeutigen Gesten.

Mädchen, die aus dem Haus rennen.

Mädchen, die Benzin kaufen.

Aber warum sind es zwei Kanister, die sie auf ihren Fahrrädern nach Hause transportieren? Weil das möglich gewesen wäre?

Ein Zelt wird im Geheimen aufgebaut.

Schnitt.

Nachtszene mit Birke wie gehabt.

Schwapp, schwapp. Nur sind es diesmal die Pannwitz-Schwestern, nicht Jurek.

Streichholz. Feuer.

Die Eltern im Bett.

Die Schwestern laufen zum Zelt.

Stimmungsvolle Szenen mit alten Obstbäumen vor einem grandiosen Nachthimmel.

Schwelendes Haus.

Zwei Filme, zwei Möglichkeiten.

Aber es ist noch nicht vorbei, etwas Drittes deutet sich an.

Ein einzelner Baum. Vielleicht eine Eiche. Wenigstens dreihundert Meter entfernt.

Und vor dem Baum, hinter dem Feld. Eine horizontale Linie.

Die Straße hinter dem Feld.

Aus sehr flacher Perspektive aufgenommen. Deshalb also ist die Straße nur eine Linie.

Dann fährt ein Auto mit brennenden Scheinwerfern durchs Bild. Von links nach rechts.

Das alles unter einem dicken runden Mond.

In dem Auto, das weiß Manz, sitzt der dicke Mann.

Er sitzt hinten.

Die beiden mit den Hüten sitzen vorne.

Nach diesen Träumereien war der junge Manz noch mehr durcheinander. Ihm war vollkommen klar, dass er sich einfach nur etwas ausgedacht hatte. Ganz ähnlich wie ein paar Tage nach seiner Ankunft beim Anblick des Gutshauses. *Spinnereien.*

Jetzt war er fast schon verzweifelt. Seine Mutter und Onkel Jochen erhofften sich doch so viel von ihm, und er …? *Spinnereien.*

Manz wälzte sich wie ein Fieberkranker von einer Seite auf die andere, stand schließlich auf.

In seiner Kammer ein Regal mit einigen Büchern. Er ging sie kurz durch, entschied sich schließlich für eins, das versprach, einigermaßen spannend zu sein. Es war kein dickes Buch, nach drei Stunden war er durch.

In der Geschichte war es tatsächlich recht spannend zugegangen, denn sie handelte von harten Entbehrungen und einem Kampf auf Leben und Tod. Und das, obwohl die Sache fast wissenschaftlich aufgezogen war und es letztlich nur um den Vergleich von zwei Lebensläufen ging.

Vielleicht.

War Manz aus diesem Buch die befreiende Lösung der Frage nach seinem Beruf ins Auge gesprungen? Offenbar war es so.

Zum Nordpol.

Um dort eine Station zu gründen und zu forschen. Aber er würde es nicht machen wie Scott mit seinen Ponys. Er würde sich verhalten wie Amundson.

Endlich ein Ziel. *Polarforscher.* Auch der Beruf des Archäologen käme vielleicht infrage.

Erleichtert, möglicherweise eine Antwort auf die Frage gefunden zu haben, die ihn letztlich nach Klein-Glevitz geführt hatte, ging er, nun endlich in besserer Stimmung, rüber zu Johansson, um sich ein Brot zu schmieren.

Forscher oder Archäologe.

Es kam ihm vor, als wäre jemand Schweres von seiner Brust gestiegen. Hunger hatte er. Mächtigen Hunger. Und Durst.

Ach, Maja hat ihren Holundertee gemacht.

Das tat sie jeden Tag, es stand immer eine große Kanne auf der Holzplatte.

Er trank gierig. Der Holundertee … *Da ist noch ein anderer Geschmack.*

Er wusste nicht, was das war, wunderte sich aber nicht

weiter, da Maja ihrem Holundertee oft ein paar Kräuter aus dem Wald beimischte.

Forscher. Wissenschaftler. Abitur, dann eine richtige Ausbildung. Und nicht wie hier irgendwas rausfinden wollen, ohne zu wissen, wie es geht.

Als er erfrischt und randvoll mit guten Gedanken an der Anrichte stand und gerade sein drittes Brot aß, klingelte das Telefon oben in Johanssons Dienstzimmer. Manz konzentrierte sich, lauschte angestrengt, konnte aber im Einzelnen nichts verstehen.

Johansson sprach wie jemand, der vor allem zuhört und *Anweisungen erhält.*

Und da kam dem jungen Manz zum ersten Mal der Gedanke, dass Johansson, den er bis jetzt als so was wie seinen Ausbilder in Sachen Brandermittlung angesehen hatte, nicht auf neutralem Terrain operierte. Er erhielt Anweisungen, wirkte mit seinen vielen »Ja« und »Ja, natürlich« fast unterwürfig. Das war erschreckend. Etwas war krumm. Und dieses Krumme würde er am ehesten beim Pannwitz'schen Haus finden.

Flucht

Irgendwie …

Ja, komisch, aber was soll's?

Irgendwie hatte der junge Manz den Nordpol, den er in seiner glühheißen Kammer doch gerade erst entdeckt hatte, schon wieder vergessen. Weggeschmolzen, so könnte man sagen.

Egal.

Diesmal sollte Maja nicht dabei sein, er wollte sich ganz auf die Sache konzentrieren. So ging Manz gleich am nächsten Morgen zu Johansson. »Darf ich mir mal das Fahrrad ausleihen?«

»Hast du das Spritzenhaus gefegt?«

»Ja, den Vorplatz auch und drei Dachziegel hochgeschoben und eingehakt.«

»Gut. Bring es heil zurück.«

Er musste nur acht Kilometer radeln. Der Weg war zwar noch immer so holperig wie zuvor, aber diesmal hielt er selbst den Lenker, konnte die schlimmsten Kuhlen umfahren. Zum Pannwitz-Haus hatte er noch einmal gewollt, nachsehen, ob der Lagerraum ein Schloss hatte.

Er sah das Haus bereits, als er am Brettschneider'schen Hof vorbeiradelte.

Aber da war etwas ganz anders als beim letzten Mal.

Ach, macht Kommissar Krogmann jetzt doch seine Arbeit?

Zwei Wagen standen hintereinander auf dem Weg.

Komisch …

Manz sah, dass die Männer, acht an der Zahl, gar nicht mit dem Haus befasst waren. Einige arbeiteten auf dem Pannwitz'schen Grundstück, andere auf dem Feld daneben.

Stative, Stangen, optische Geräte.

Die suchen keine Spuren, die vermessen Grundstück und Feld.

Krogmann war nirgends zu entdecken.

Dafür fuhr kurz darauf der Mercedes 136 an ihm vorbei.

Er hielt hinter den anderen Wagen.

Der Dicke stieg aus. Dann kam noch ein Auto. Lackschwarz. Und neuerer Bauart als der 136er. Dem entstieg ein weiterer Mann. Manz erkannte ihn sofort. Es war Majas Galan.

Die beiden stapften quer über das Feld zu den Männern mit ihren Vermessungsinstrumenten. Der Dicke schüttelte Hände. Zeigte mal hierhin, mal dorthin. Bei zwei Gelegenheiten hob er beide Arme auf eine Art, als wollte er die umliegenden Felder segnen. Vermutlich hielt er eine Rede, die Maßnahme zu erklären.

Und was die Maßnahme anging, so musste es aus Sicht einiger Himmelsgeister eine mächtige Maßnahme sein. Und seine Rede eine donnernde Rede. Jedenfalls entstand in genau diesem Moment ein Schlitz zwischen zwei Wolken, und die Sonne ... Scharfes Gegenlicht. Die Gestalten auf dem Feld zerfransten, zerwirbelten, zerwehten im Licht.

An diesem Effekt änderte sich nichts, als Manz die Augen zusammenkniff und sich den Unterarm vors Gesicht hielt.

Also kehrte er um und radelte, quer durch eine satt magentafarbene Stimmung, runter zum Brettschneider'schen Hof.

»Greta!«

Sie erschrak.

»Ich bin's, Manz.«

»Was willst du? Mich wieder ausfragen?«

»Nur kurz. Weißt du, was die Männer da oben beim Pannwitz'schen Hof machen?«

»Sie vermessen das Grundstück.«

»Das ist mir klar, aber warum?«

»Meine Mutter sagt, dass da große Häuser mit Wohnungen für sechzig Arbeiter mit ihren Familien entstehen.«

Greta und Manz verließen den Hühnerstall, traten in ein Licht, das inzwischen nicht mehr magentafarben war, sondern glasklar und vollständig entfärbt. Greta streckte den Finger aus. »Siehst du das?«

In etwa fünfhundert Metern Entfernung hing aufgewirbelter Sandstaub in der Luft, und es waren große Maschinen im Einsatz.

»Die baggern den Knick weg. Die Felder werden zusammengelegt und vergrößert. Meine Tante soll ihre auch weggeben.«

»Und wenn sie nicht will?«

»Muss sie trotzdem.«

Manz sah Greta an. Sie wirkte anders als zuvor. *Ganz durcheinander.* Und da hatte er dann das Gefühl, dass hier gerade ein großes Unrecht geschah.

»Dass die so plötzlich anfangen, hier alles zu vermessen …«

»So plötzlich ist das nicht. Die waren schon ein paarmal hier.«

»Als sie da waren, haben sie da mit Pannwitz oder seiner Frau gesprochen?«

»Bestimmt. So wie mit meiner Tante.«

»Wollte Pannwitz weg?«

»Der hat ja erst vor drei Jahren seine Gewächshäuser gebaut.«

Manz' Verstand schnappte zu. Und zwar auf die simpelste überhaupt denkbare Weise. *Pannwitz sollte weg, wollte aber nicht. Kurz darauf brennt sein Haus.* Eine ganz eindeutige Sache, wie es schien.

Kaum, dass er in Klein-Glevitz angekommen war, rollte der Barkas auf den Hof. Auch Johansson war irritiert.

Es begann zu regnen. Und zwar mit Macht. Was nach den eigentümlich gewitterhaften Lichtstimmungen zuvor niemanden wunderte.

»Was ist los?«, fragte Maja, als ihr Vater mit einer Flasche Freigeist nach oben in sein Arbeitszimmer ging.

»Die Mädchen«, sagte Johansson.

»Welche Mädchen?«, fragte Maja.

»Die Pannwitz-Töchter.« Johansson setzte sich.

»Was ist mit denen?«, fragte Manz.

»Die wurden aus dem Heim abgeholt.«

»Von wem?«

»Eine Tante, hieß es.«

»Na, wenn das besser so ist«, murmelte Maja, um irgendwas zu sagen.

»Besser? Diese Tante hat zwei Verdächtige entführt. Krogmann ist außer sich.«

Johansson goss sich Freigeist in ein Saftglas, setzte an, trank in einer Weise, dass man fast hätte meinen können, er sei doch Schwede.

»Und wo wohnt diese Tante?«, fragte Manz.

»In Hamburg. Die Mädchen von dort zurückzuholen plant Krogmann vorerst nicht. Ach, ja. Jurek ist heute Morgen gestorben.«

Nun ging es Maja ein bisschen wie Greta. Sie wirkte unsicher. Die Verwirrtheit ihres Vaters hatte sich auf sie übertragen.

Am Abend telefonierte Johansson erneut. Diesmal verstand Manz mehr. Offenbar hatte Onkel Jochen angerufen.

Der Regen hatte am Vorabend und bis in die Nacht hinein so heftig in die Rüster reingeprügelt, dass der ganze Platz mit Ästen und Blättern bestreut war. Jetzt schien wieder die Sonne, und Manz hatte bereits das Spritzenhaus und den Vorplatz gefegt. Eben war er dabei, die Leiter anzustellen, um mehrere Dachpfannen hochzuschieben. Er schob sie aber nicht mehr hoch, denn Johansson stand plötzlich neben ihm. »Lass mal, Junge, das ist nicht mehr nötig.«

»Okay. Was steht an?«

»Pack deine Sachen.«

»Wieso? Hab ich was falsch gemacht?«

»Nein, aber pack deine Sachen.«

Er wollte Maja fragen, doch die war nicht ansprechbar und schickte ihn mit recht groben Worten weg. Kurz darauf verschwand sie zusammen mit ihrem Vater in dessen Dienstzimmer.

Die Sachen waren schnell gepackt. Danach … nichts. Also umrundete Manz zweimal das Dorf, betrachtete lange das Gutshaus, das ihm aber diesmal nichts zu erzählen oder zu zeigen hatte.

Irgendetwas hatte er falsch gemacht. Nun, es würde sich schon herausstellen, was das war. Damit beruhigte er sich ein wenig, legte sich zwischen die Schenkel der Rampe, die zum Eingang des Gutshauses hochführte ins angenehm kühle Gras und schlief ein.

Als er aufwachte, glühte sein Kopf, er hatte viel Sonne abgekriegt.

Zurück auf dem Platz in Klein-Glevitz sah er Onkel Jochens roten 190 SL. Er stand vor Johanssons Grundstück.

Als Onkel Jochen ihn entdeckte … »Deine Feuerwehrzeit ist vorbei, hast du gepackt?«

»Schon, aber ich hab noch zwei Wochen. Was ist los?«

»Du hast einen knallroten Kopf.«

»In der Sonne eingeschlafen, was ist los?«

»Erklär ich dir auf der Rückfahrt.«

Onkel Jochen sprach, während Manz seine beiden Koffer zum 190 SL trug und verstaute, in der Einfahrt mit Johansson.

Manz fühlte sich noch immer ein bisschen duselig von der Sonne. Dann sah er auf dem Platz ein Mädchen von elf, vielleicht zwölf Jahren. Die Kleine trug einen Karton. Und nicht nur den, über ihrem Unterarm hingen einige Kleidungsstücke. Er beobachtete das gehende Mädchen eine Weile, sah, wie sie in flachem Winkel am Denkmal für die Gefallenen vorbeiging. Die Kleine weinte. Stolperte. Zweimal wäre sie fast gefallen.

Begriff er schon da, dass hier in Klein-Glevitz gerade etwas geschah, das weit über Fontanes Vorstellungen von einer neuen Zeit hinausging?

Er lief zu Maja. »Was ist los? Keiner sagt mir was.«

»Wir bleiben hier. Mein Vater sagt, dass es sich lohnt und dass es besser so ist. Ich glaube das auch.«

»Was ist besser?«

»Die machen zu, sagt dein Onkel. Morgen, übermorgen, vielleicht nächste Woche.«

»Was machen sie zu?«

»Die Grenze.«

»Kommst du? Wir müssen los!«, hörte er Onkel Jochen rufen.

Er schrieb ihr noch schnell seine Adresse in Berlin auf.

»Jetzt komm, wir müssen los! Und zwar sofort.«

»Vielleicht sehen wir uns.« Er gab Maja den Zettel, sie sah ihn an, als wüsste sie nicht, wohin damit.

Onkel Jochen rief wieder. Noch entschlossener diesmal.

Während Manz zum 190 SL ging, sah er einen lackschwarzen Wagen ankommen, den er schon kannte. Es war Majas Galan. Der stieg aus, blieb neben dem Wagen starr stehen, als sei ihm verboten, sich weiterhin zu bewegen. Er sah sehr erwachsen aus. Jedenfalls trug er einen schwarzen Anzug, wie man ihn auf Dörfern eigentlich nur zu Hochzeiten und Beerdigungen anzieht. Und da war noch mehr zu sehen, auf dem Bild, das sich Manz gerade einbrannte. Jasper, Söhnke und Timo Wittfoth standen ordentlich nebeneinander vor dem hohen, rot lackierten Holztor des Spritzenhauses. Der Pfarrer lehnte an einem Stakettenzaun, an dem er sich, wie es schien, mit einiger Mühe festhielt, die Gemeindeschwester befand sich, starr glotzend, auf einer hohen Leiter und pflückte Pflaumen. *Komisch.* Selbst das Mädchen mit dem Karton und den Kleidungsstücken über dem Arm hatte ihren stolpernden Marsch unterbrochen und sah Manz an.

Albern.

Es wirkte, als hätte man sie alle dort hingestellt, mit keinem besseren und ganz gewiss auch keinem tieferen Sinn, als das Bild zu komplettieren. Alles wirkte so … *Unecht.*

»Rein mit dir«, forderte Onkel Jochen.

Schon während Manz einstieg, tourte der Motor hoch. Er hatte die Tür noch nicht ganz zu, da setzte sich der 190 SL bereits mit durchdrehenden Rädern in Bewegung.

Während der Wagen scharf wendete, drehte sich das Bild mit all den Figuren um sie herum. Die Welt bewegte sich dabei so schnell, dass Häuser, Pflanzen, Gegenstände wie auch die Menschen sich verwischten und ineinanderschoben.

Ob Manz in diesem Moment an Fontane dachte? – Nein.

Das Gespräch bei den schlafenden Bienen

Eine Dreiergruppe Enten steigt mit raschem Flügelschlag auf.

»War bestimmt hart, dass du da wegmusstest. Auch wegen Maja.«

»Für den Moment natürlich. Aber weißt du, Matti …«

»Hattest du was mit ihr? Ich meine, richtig?«

»Um Gottes willen! Ich war erst sechzehn. Damals waren wir ja noch viel langsamer mit allem. Viel bedächtiger und schüchterner.«

»Verstehe«, sagt Matti. »Aber wo du gerade sagst, dass du sechzehn warst. Ich bin vierzehn und wurde im April konfirmiert …«

»Was wir ja auch ausführlich gefeiert haben. War doch ein schönes Fest oder?«

»Bis auf deine Mutter. Ich glaube, die war gar nicht einverstanden, meine Konfirmation zu feiern.«

»Ingrid hatte weder was gegen dich noch gegen deine Feier. Sie ist nur eben Atheistin und hält nichts von der Kirche.«

»Weil sie Kommunistin ist?«

»Das war sie mal, Matti. Ist sie längst nicht mehr. Ingrid hat schon seit Ewigkeiten keine Partei mehr gewählt.«

»Auch nicht Die Linken?«

»Auch die nicht. Davon abgesehen: Du bist du und nicht sie. *Mattis Konfirmationsfeier 2019*, so habe ich es auf die Rückseite der Fotos geschrieben. Von einem Gegrummel meiner Mutter steht da nichts.«

Eine kleine Pause entsteht, Matti scheint sehr konzentriert nachzudenken. »Ich glaube, für dich wäre das Leben da oben in Klein-Glevitz auf Dauer nichts gewesen. Dann wurde die Mauer gebaut und die Grenze war sowieso dicht. Aber wer war es? Wer hat die Leute ermordet?«

»Wenn ich dir beruflich antworten soll, dann war es schon mal keine Ermordung. Jedenfalls ließe sich keine zweifelsfrei nachweisen.«

»Aber diese Leute, die sind doch erstickt, weil einer ihr Haus angezündet hat.«

»So würde ein Gericht das nicht sehen.«

»Hä?«

»Von Mord redet man, wenn einer etwas macht mit dem eindeutigen Ziel, dass ein anderer stirbt. Wenn zum Beispiel jemand einen anderen totschlägt, um ihm Geld abzunehmen, dann wäre das Mord. Aber auch wieder nur, wenn man nachweisen kann, dass er hingegangen ist und den totgeschlagen hat, weil er sein Geld wollte. In der Geschichte, die ich dir erzählt habe, hat nur jemand ein Haus angezündet. Das ist kein Mord, sondern fahrlässige Tötung. Es sei denn, er hat mit Absicht gewartet, bis das Ehepaar Pannwitz eingeschlafen ist. Und selbst dann …«

»Wird denn überhaupt jemals wer bestraft, vor Gericht? Oder ist das Gericht nur zum Freisprechen da?«

»Na, was glaubst du denn, wie es dazu kommt, dass die Gefängnisse voll sind?«

Ein Baum. Eine Parkbank. Drei Bienenkästen. In denen herrscht Ruhe, denn am 24. Dezember, wie überhaupt im Winter, ist die Aktivität von Bienenvölkern natürlich aufs Nötigste reduziert.

»Was meinst du, wer es war, damals?«

»Das kann keiner sagen, wenn es keine belastbaren Beweise gibt.«

»Aber du hast doch irgendwas gedacht.«

»Die Töchter … Da dachte ich: Nein. Weil außer der Aussage der Lehrerin nichts hätte erklären können, warum sie es überhaupt getan haben sollten. Auch mit meiner heutigen Erfahrung würde ich noch sagen: Nein. Denn, dass zwei Mädchen so was tun, ist extrem unwahrscheinlich.«

»Weil sie Mädchen sind?«

»Statistik.«

»Dann ist da noch Jurek«, schlug Matti vor.

»Da würde ich aus heutiger Sicht sagen … Ja, es spricht einiges dafür. Ob er aber das Ehepaar Pannwitz wirklich ermorden wollte oder ob er nur vorhatte, sich dafür zu rächen, dass er keinen Lohn bekam, da würde man heute sehr viel mehr im Hintergrund forschen. Was war das für einer? Wusste er überhaupt, was er tat? Wie war sein Geisteszustand? Ich meine, für Johansson und mich war er damals nur die Gestalt eines Sterbenden in einem Bett mit weißen Laken. Sehr dürftig.«

»Also, keiner war's.«

»Jahre später ist mir ein anderer Gedanke gekommen.«

»Der Dicke aus dem Auto, weil da gebaut werden sollte?«

»In solchen Fällen hätte man das Ehepaar Pannwitz enteignet, nicht ermordet.«

»Also?«

»Auch nur eine Vermutung, aber ich habe nie mit den Pannwitz-Töchtern gesprochen. Johansson nur einmal. Vielleicht hat er die falschen Fragen gestellt.«

»Verstehe ich nicht.«

»Damals sind alle davon ausgegangen, dass die Pannwitz-Töchter im Zelt übernachtet haben, weil sie das wollten. Entweder weil sie vorhatten, das Haus ihrer Eltern anzuzünden oder als Vorbereitung für ihre geplante Campingtour nach Frankreich. Es gibt aber noch eine dritte Möglichkeit.«

Matti überlegt eine Weile, gibt schließlich auf. »Und?«

»Es könnte sein, dass das Ehepaar Pannwitz seine Töchter dazu überredet hat, im Zelt zu schlafen.«

»Du meinst, die haben sich selbst umgebracht?«

»Nun, die Tante aus Hamburg kam recht schnell. Fiel mir erst Jahre später ein, als ich in Berlin einen ähnlichen Fall hatte. In dem Fotoalbum, das ich im Haus fand, gab es Fotos von drei Kindern. Plötzlich waren es nur noch zwei. Vielleicht hatte die Lehrerin recht. Sie sagte, die Eltern wären sehr eng miteinander gewesen. Und noch schlimmer. Sie behauptete, da sei etwas auf das Haus übergegangen oder so ähnlich. In meinem Fall in Berlin war auch ein Kind gestorben. Da haben die Eltern ein Jahr später Selbstmord begangen. Auch mit Feuer. Ihre beiden Kinder haben sie vorher in ein Ferienlager geschickt.«

»Wow!«

»Davon abgesehen, aber das war mir damals noch nicht wirklich klar, haben sich, im Zuge der Kollektivierungen, viele enteignete Bauern das Leben genommen.«

»Warst du später noch mal da? Ich meine, als man wieder hinkonnte.«

»Sie haben offenbar damals auf dem Gelände der Familie Pannwitz tatsächlich gebaut. Als Christine und ich 2014 oben waren, standen da vier Riegel. Fünfgeschossige Gebäude mit eingeschlagenen Scheiben. Schon lange nicht mehr bewohnt. Der Hof der Brettschneiders, unten in der Senke, war eine Ruine mit eingestürztem Dach. Und das ganze Land drum herum eine riesige Fläche. Es gab einen richtigen Sandsturm, als wir oben waren.«

»Hast du Maja noch mal getroffen?«

»Nein. Und sie hat sich auch nie bei mir gemeldet.«

Matti streicht sich einige Haare aus dem Gesicht. »1961 … Ich überlege gerade, wie lange das her ist. 58 Jahre, deine Maja müsste bald achtzig sein. Mächtig viel Zeit. Das kommt dir doch bestimmt manchmal vor, als wäre es gar nicht mehr wahr.«

Berlin

Als der 190 SL den Rand der Stadt erreichte, war es bereits dunkel.

Onkel Jochen fuhr nicht von Norden her nach Berlin, denn er wollte Manz erst mal in seiner Wohnung in Charlottenburg absetzen.

»Warum?«

»Weil die dicht machen.«

»Aber doch nicht in Berlin, wie soll denn das gehen?«

»Wir machen es jetzt mal so, wie ich sage. Ohne Fragen, ohne Erklärung. Im Moment weiß sowieso niemand, was wird.«

Sie kamen bei Staaken auf der Heerstraße rein.

Als Manz und Onkel Jochen die Stelle erreichten, wo der britische Sektor begann, als das Schild, auf dem *BERLIN* stand, in Sicht kam, sahen sie in einer Seitenstraße Militärfahrzeuge. Wuchtig. Kantig. Beladen mit großen Rollen Draht.

Onkel Jochen drosselte die Geschwindigkeit.

Licht aus Lampen, die von Generatoren gespeist wurden, leuchteten einen Fleck Grasland aus, auf dem nichts weiter zu sehen war als zwei Pulks hoch aufgewachsene Disteln. Menschen standen am Rand dieses hellen Flecks und betrachteten ihn.

Es sah aus, als würden sie auf etwas warten.

Nichts geschah.

Die Militärfahrzeuge und Laster standen einfach nur da. Reihten sich auf.

Zwei Jungen trugen einen Käfig, in dem drei Karnickel saßen. Eine Frau schleppte mit stark aus der Achse gekipptem Oberkörper einen großen Koffer.

Manz sah das alles, aber … Es zog seltsam fremd an ihm vorbei.

Kein Wunder. Er war mit seinen Gedanken noch halb in Klein-Glevitz. Er hatte alles, wirklich alles falsch gemacht.

Weil er nicht wusste, was er mal werden wollte, hatte

er Matrose sein wollen, dann, um dieses Ziel vorzubereiten, Feuerwehrmann, dann, anstatt sich mit dem Handwerk des Feuerwehrmanns zu befassen, Sammler von Gesprächen, Gegenständen, Vermutungen und zuletzt … *Spinnereien!*

Auch später in seinem Leben kam es noch einige Male vor, dass Manz sich in etwas festbiss, einer Sache in engstirnigster Manier nachging und darüber nicht mitbekam, dass um ihn herum viel bedeutendere Dinge geschahen.

Berlin.

Von West nach Ost.

Die Heerstraße lag hinter ihnen, als Manz auf das Wort *jämmerlich* kam. Als er es beinahe laut ausgesprochen hätte, waren sie bereits auf der Bismarckstraße, benannt nach Bismarck, dem märkischen Junker, waren sie schon zwischen den Lichtern der Stadt, sahen sie bereits den Ernst-Reuter-Platz, benannt nach Ernst Reuter, sahen dahinter die Straße des 17. Juni, benannt nach einem besonderen Tag. Das alles lief in scharfer Zentralperspektive auf das Brandenburger Tor zu.

Berlin.

Die Mauer.

Die Amerikaner.

Die Welt.

Schwer, das zu glauben, aber Berlin war damals für einige Monate mehr als die Verwertung von Baugrund.

Der Gedanke der Jämmerlichkeit, der Genuss zuletzt, sich seiner eigenen Jämmerlichkeit hinzugeben, ja sich regelrecht in dieser Jämmerlichkeit zu suhlen, sie zu pflegen, intensiv unter ihr zu leiden, um aus diesem Leid dann steil emporzusteigen, war das Beste, was dem jungen Manz während der Fahrt quer durch Berlin einfiel.

Worauf all dieses Suhlen im Leid hinauslief, was das Kraftmoment befeuerte? – Zorn und Empörung.

Dieser Zorn, diese Empörung setzten Kräfte frei. Darauf ließ sich so etwas Profundes wie ein Berufsleben, ja sogar eine Biographie aufbauen, wie Manz in den nächsten Jahrzehnten feststellte.

Zwei Tage später wurde die Mauer gebaut. Es war aber noch nicht überall eine Mauer. So schnell waren die Brigaden und Baukommandos nicht. Es gab eine, wenn auch kurze Zeit des Übergangs, eine Zeit der springenden und krabbelnden Menschen. Lange währte diese Zeit nicht.

> *Also zogen Brigaden der Nationalen Volksarmee sowie eine große Anzahl Baukommandos aus. Bewaffnet mit Stahlpfosten, Beton und viel Stacheldraht bewältigten sie ihre Aufgabe und verwandelten das Land, in dem sie lebten, in ein Gehege.*

So drückte es ein Kommentator des RIAS aus.

Und so kam es dann auch dazu, dass Manz' Mutter bei Nacht und Nebel im roten 190 SL von Pankow nach Neukölln verfrachtet wurde, wo Onkel Jochen ihr am Richardplatz eine Wohnung besorgt hatte – einer seiner Patienten war Makler. Das Erstaunlichste daran: Manz' Mutter leistete keinen Widerstand. Obwohl sie, wie sie später immer wieder sagte, den Kommunismus keinesfalls … »Ihr irrt euch, wenn ihr das glaubt« und so weiter.

Die Märklin-Eisenbahn musste Manz zurücklassen. Schlimm war das nicht, er war ihr bereits entwachsen.

Es musste schnell gehen, und der 190 SL war kein Transporter. So wurde vieles zurückgelassen in jenem nördlichen Bezirk der Stadt, genannt Pankow, der später als Osten bezeichnet wurde. Vieles wurde zurücklassen, o ja! Nicht aber die Fotoalben, nicht aber den Stall von Bethlehem, nicht den Jesus in der Astgabel und ganz bestimmt nicht Onkel Jochens Bräter für die Milchhähnchen.

Nach den Sommerferien besuchte Manz kurz das Adelbert-von-Chamisso-Gymnasium. Dort traf er gleich am ersten Schultag seinen Freund, Richard, wieder. Auch der war mit seinen Eltern von Pankow nach Neukölln umgezogen. Davon abgesehen hatte er es sich anders überlegt und seine Matrosenpläne in Rostock aufgegeben.

»Mein Vater ist jetzt in das Autohaus seines Bruders eingestiegen, und er sagt, ich soll irgendwann auch mit dabei sein. Dafür muss ich Wirtschaft studieren oder wenigstens eine Lehre als KFZ-Mechaniker machen. Ich schätze, studieren ist interessanter.«

Manz fand das logisch. Eins aber wollte er nun doch von Richard wissen. Einfach, weil seine Mutter immer so schlecht über dessen Familie redete.

»Die Autos, die dein Vater und sein Bruder verkaufen, wo kriegen sie die eigentlich her?«

»Die meisten verkaufen ihnen ihre Kunden, wenn sie sich neue besorgen. Mein Vater sagt immer: ›Bei den Wagen wissen wir wenigstens, ob sie Macken haben.‹ Aber du hast ja das Schild gesehen. Sie sind Vertragshändler für VW. Und bei VW, sagt mein Vater, stimmt die Qualität. Außerdem: In Berlin, vor allem jetzt mit der Mauer, können sich bald sowieso nicht mehr alle einen Mercedes oder BMW leisten.«

»VW also. Und was für eine Partei wählt dein Vater?«

»Na, SPD. Und deiner?«

»Auch SPD. Er will, dass ich mir ihr Parteiprogramm durchlese. Wie ist es bei euch?«

»Parteiprogramm? Nein, davon hat mein Vater bis jetzt nichts gesagt.«

Aus Sicht seiner Mutter geschah nun eine Art Wunder. Nach seiner Grundausbildung bei der Polizei in Oldenburg hatte Manz plötzlich einen Plan. Er holte sein Abitur nach. Da war ein Hang zur Empörung, den er lernte einzusetzen, und da war der nun endlich und für immer gefasste Plan, Archäologe in Mesopotamien zu werden, da waren die zweihundert Mark pro geschafftem Jahr, die Onkel Jochen ihm versprochen hatte. Und es war so, dass seine Klasse gute Lehrer hatte. Solche, die den Schülern das, was sie zu lernen hatten, so verklickerten, dass es nicht nur darum ging, auswendig zu lernen.

Am auffälligsten war es in Mathe. Integral- und Differentialrechnung. Kurvendiskussionen. Ein Stoff, bei dem schon Schüler ausgestiegen und komplett gescheitert waren. Herr Hauptmann aber beließ es nicht bei sturen Zahlen und gekrümmten Linien, er brachte Beispiele lebendiger Art. Zum Beispiel ließ er seine Schüler die ballistischen Kurven von Geschossen berechnen.

Dass er besser wurde, lag also eher an neuen Träumereien, der in Aussicht gestellten finanziellen Belohnung und anderen Lehrern als an Manz' Exkursion nach Klein-Glevitz.

Und doch blieb etwas von dieser Zeit. Bilder. Gefühle. Und die Erkenntnis, dass, wenn ein Verbrechen geschah, der Anfang der Ermittlungen das Wichtigste war. Was da versäumt wurde, ließ sich später nicht wiedergutmachen.

Die Weihnachtsferien 61 begannen, dann kam Heiligabend.

Onkel Jochen besorgte – ein Patient kannte jemanden – den Baum, stellte ihn auf, und der Stall von Bethlehem und der kleine Hügel mit dem Jesus in der Astgabel kamen dahin, wo sie hingehörten.

Und wie immer, seit es Onkel Jochen gab, gingen sie in die Kirche. Obwohl Manz' Mutter das eigentlich partout nicht wollte.

Die Basilika, wie sie sich stolz nannte, war karg. Keine Bilder, keine Skulpturen, »kein Firlefanz«. Das Einzige, was der Innenraum zu bieten hatte, war eine gewisse Höhe und ein ansehnlich gemauertes Kreuzgratgewölbe.

Nun wurde ein bisschen Orgel gespielt. Gesungen auch. Es folgten einige Worte allgemeiner Art, in denen es um eine Ermahnung der Sterblichen ging. Dann kam die alte Geschichte. Der junge Manz saß wie immer zwischen seiner Mutter und Onkel Jochen, und der Pfarrer hatte eine kräftige Stimme.

Es begab sich aber zu der Zeit, dass ein Gebot von dem Kaiser Augustus ausging, dass alle Welt geschätzt würde …

Kirche und Haus

… und diese Schätzung war die allererste und geschah zu der Zeit, da Cyrenius Landpfleger von Syrien war.

Als der Pfarrer fertig ist, seiner Gemeinde die Weihnachtsgeschichte vorzubeten, tritt eine charakteristische Stille mit einem ebenso charakteristischem Fußscharren, Papierrascheln und Hüsteln ein.

Manz blättert im Liederbuch zur richtigen Seite, denn die Texte sind nur noch einigen Konfirmanden und Hundertjährigen geläufig.

Orgel.

Die Gemeinde singt.

»Leiert«, wie Onkel Jochen das früher genannt hat.

Manz sitzt zwischen Christine und seiner Mutter. Seine Töchter haben zusammen mit Emma und Matti in der Bank vor ihnen Platz genommen.

Dann der Kern. Die Predigt.

Der Pfarrer räuspert sich zweimal, es wird still in der kleinen Zizzwitzer Kirche.

»Es ist viel passiert in diesem Jahr 2019. Und wie Sie alle wissen, soll eine Predigt das Aktuelle aufgreifen und der Gemeinde in christlichem Sinne noch einmal nahebringen. Ich will es dieses Jahr anders machen. ›Warum?‹, werden Sie fragen.«

Rhetorische Pause. Erneutes Scharren von Füßen.

»Nun, auch ich verfolge die Nachrichten, auch ich nutze das Internet, und ich glaube … Sie alle sind gut informiert. Vielleicht zu gut, denn es gibt bekanntlich viel Meinung in diesen Zeiten. So will ich heute einen Mann zu Wort kommen lassen, der sich ausgiebig Gedanken über das christliche Miteinander wie auch über die Familie gemacht hat. Ich erlaube mir also, Ihnen einen kurzen Text des dänischen Theologen Søren Kierkegaard vorzulesen. Er handelt davon, wie ein König seine Krone ablegt, weil er sich in ein Bauernmädchen verliebt hat …«

Nach dem Ende des Gottesdienstes, einigem Händeschütteln, einigen kleinen Unterhaltungen und Umarmungen noch vor dem Portal schlendert die Familie Manz unter Glockengeläut zum Zizzwitzer Weihnachtsmarkt.

Dort, vor dem Stand der Pizzeria mit ihrer bunten Beleuchtung und den italienischen Fähnchen, treffen sie Manz' Ruderfreunde Wolfgang, Henning und Theo.

Alle trinken zwei Tassen Glühwein, die, wie jedes Jahr, Manz' Mutter bezahlt. Nach einer halben Stunde jedoch, es ist eigentlich gerade ganz gemütlich, blickt Manz auf seine Uhr.

»Wir müssen los. Die Milchhähnchen werden ungeduldig im Ofen.«

Noch so eine Familiensaga. Wenn die Milchhähnchen im Ofen ungeduldig wurden, hatte das schon immer Priorität.

Auf dem Rückweg sieht der alte Manz seine Familie vor sich. Nicht die ganze natürlich, denn seine beiden noch vorhandenen Schwiegersöhne sind ja mit einem Teil der Enkel bei ihren Müttern.

Was Christine wohl gesagt hätte, wären alle gekommen?

Matti geht neben seiner Mutter und seiner Urgroßmutter. Steffi und Julia neben Christine, Emma trottet neben Manz her. Sie hat ihn gerade etwas zum Ruderclub gefragt, Manz hat ihr nur so nebenbei geantwortet. Und da zeigt sich etwas. Es folgen keine weiteren Fragen. Offenbar ist Emma mit ihren sieben Jahren bereits in einem Alter, in dem sie versteht, dass manchmal jemand, der neben ihr geht, in Gedanken ist.

»Es fängt an!«, rufen in diesem Moment Stefanie und Julia gleichzeitig und reißen damit ihren Vater aus seinen Gedanken. Schon breiten sie ihre Hände so aus, dass die Handflächen nach oben weisen.

»Die Flocken sind riesig!«, sagt Matti und tut es seinen Tanten nach.

Tatsächlich! Es beginnt zu schneien. Erst sachte, dann immer dichter.

Nun machen es alle wie Stefanie, Julia und Matti. Flocken fallen auf geöffnete Hände, Schultern, Köpfe und in die Gesichter der Kinder. Sie fallen auf Wege, Dächer, Felder. Sie versinken in der Elbe und werden sicher bald alles mit einer wohltuend weißen Schicht bedecken.

»Die Milchhähnchen!«, mahnt Manz.

Und schon setzt sich die Familie wieder in Bewegung. Emma dreht sich, Matti sagt, dass es an der Zeit ist. Jedem fällt etwas ein.

Manz fällt nichts ein. Er, der doch eben noch alle wegen der Milchhähnchen ermahnte, bleibt zurück und … wird erneut befallen.

Uh!

Befallen von einem Körpergefühl, das zusammen mit einer Erinnerung auftritt. Und so ist es für den alten Manz mitten im Zizzwitzer Schneetreiben noch einmal Sommer, und er ist sechzehn und sitzt hinter Maja auf der roten Jawa und fährt in gleißendem Licht durch eine schier endlose Kurve.

Wie lange dieser kleine Erinnerungsanfall anhält? Wohl kaum länger als ein paar Sekunden. Und doch zu lange, denn Manz verwandelt das Gefühl in eine Fotografie. Tut so, als hätte er sich und Maja damals von außen gesehen.

Die Kurve in Manz' Erinnerungsfotografie schwebt auf einer Art idealtypischem Damm, wie man ihn in dieser Perfektion bestenfalls von Märklin-Eisenbahnanlagen kennt. Im Hintergrund, wie aufgereiht, sehr alte, sattgrüne Bäume. *Wohl eine schnurgerade Allee, die die Kurve tangiert.* Auch der Vordergrund ist sattgrün. Und aus all diesem Grün, in schönster Schärfe herausgehoben, schwebt auf dem Damm die stark zur Seite geneigte knallrote Jawa, besetzt mit zwei Personen. Eine junge Frau vorne, hinter ihr ein Junge. Und die blonden Haare der Frau scheinen den Kopf des Jungen komplett eingehüllt, ja regelrecht umsponnen zu haben.

Ein Bild für die Ewigkeit, weil … Ließe Manz diese Impression von Zeit zu Zeit aufleben, dann könnten er und Maja bis zum Ende ihrer Tage durch diese Kurve fahren.

Für immer, hatte er das nicht damals gedacht?

»Opa, du trödelst!«

»Ja, Emma.«

Sie wartet auf ihn, nimmt seine Hand. »Dürfen wir vor dem Essen schon was auspacken?«

»Zwei kleinere Geschenke. Die großen Sachen …«

»Erst nach den Milchhähnchen.«

Auf diese Weise, Emma an der Hand, verschwindet Manz nach und nach hinter einer in den Dunkelflächen gut abschattierten Schraffur aus schräg fallendem Schnee.

Matthias Wittekindt,
Berlin, Februar bis April 2021

Familie Manz

Ingrid Manz ∞ Onkel Jochen / Dr. Burmester
(*1925) (*1921 † 2006)

Manz ⚭ Christine
(*1945) (*1942)

Dr. Claudia ⚭ Klaus Weber
(*1965)

Thomas (*1993)
Tim (*2003)
Matthias (Matti) (*2005)

Stefanie ⚭ Dirk Brunner
(*1969)

Lydia (*2006)
Charlotte (*2002)

Julia ∞ Frank Ziegler
(*1978)

Emma (*2012)

Vor Gericht 1990 / Sommer 2018 *Die Schülerin* 1978 / Sommer 2019 *Die rote Jawa* 1961 / Weihnachten 2019

Anmerkung und Danksagung

Die rote Jawa unterscheidet sich etwas von den vorangegangenen Büchern um den Kriminaldirektor a. D. Manz, denn die Geschichte basiert diesmal nicht auf einem Gerichtsprozess, und Manz ist noch lange kein Kommissar.

Der Hauptteil spielt im Sommer 1961 im heutigen Mecklenburg-Vorpommern, in der Nähe von Waren an der Müritz. Ich kenne die Gegend gut, bin mit der Landschaft, dem Wetter, den Farben und anderem einigermaßen vertraut.

Allerdings bin ich noch nicht so alt, dass ich mich an das Jahr 1961 auch nur im Entferntesten erinnern könnte. Davon abgesehen ist Hamburg die Stadt, in der ich groß wurde.

Um die Stimmung sowie die unterschwellig in die Geschichte mit hineinwirkenden politischen Gegebenheiten trotzdem einigermaßen genau darstellen zu können, brauchte ich Hilfe.

Ich möchte daher Heinz Lehmbäcker danken, der mich in die Zeit damals hat eintauchen lassen. Seine Erinnerungen und sein Wissen ersetzen hier meine Recherche im Gerichtssaal.

Matthias Wittekindt

Matthias Wittekindt, geboren 1958 in Bonn, vergisst beim Schreiben oft alles um sich herum. Das passiert ihm in seiner Berliner Stadtwohnung genauso wie im Garten in Schmöckwitz am Zeuthener See, wo er im Sommer gern arbeitet. Nachmittags kommt dort immer mal ein Nachbar oder jemand vom Ortsverein vorbei, sagt, dass der Grill angeworfen wurde, und fragt, ob Wittekindt nicht Lust habe vorbeizukommen. »Klar, ich schreibe das hier nur noch schnell zu Ende …« Manchmal wird ihm dann abends noch ein übrig gebliebenes Würstchen gebracht. Der Vorteil: Er bleibt schlank. Und: Er kommt gut voran, sodass er sich immer mal ein paar Tage freinehmen kann, um etwas mit seiner Frau zu unternehmen. Aufgewachsen ist Matthias Wittekindt in Hamburg. Nach einem Studium der Architektur und Religionsphilosophie in Berlin und London hat er u.a. als Architekt, als Regisseur und als Theater- und Hörspielautor gearbeitet. Seit 2011 konzentriert er sich ganz auf seine hochgelobten Kriminalromane. Matthias Wittekindt hat eine erwachsene Tochter. Im Kampa Verlag erschienen sind zuletzt die Romane *Vor Gericht*, der auf Platz 3 der Krimibestenliste von Deutschlandfunk Kultur und auf der Shortlist des Crime Cologne Award stand, sowie *Die Schülerin*.

KAMPA VERLAG

Jürgen Tietz

Berliner Monster

1947: Kommissar Adlers erster Fall

Kriminalroman

Im zweiten Frühling nach dem Krieg wird in Berlin weitergekämpft: Kommissar Adler stellt sich alten und neuen Dämonen.

Im Frühjahr 1947 liegt Berlin in Trümmern, und der Winter scheint nicht enden zu wollen. Als aus dem noch halb zugefrorenen Landwehrkanal eine Kinderleiche geborgen wird – das dritte misshandelte und erwürgte Kind innerhalb weniger Monate –, ist Kommissar Hans Adler fassungslos. Hat der Krieg nicht genug Grauen verursacht? Adler, der ohne seinen linken Arm von der Front zurückgekehrt ist und seitdem in einer Laube in Wilmersdorf wohnt, steht bei seinen Ermittlungen vor etlichen Problemen: Niemand kennt die Kinder; wie Hunderte andere müssen sie ihre Eltern im Krieg verloren haben – die überfüllten Flüchtlingsunterkünfte und Kinderheime nach Zeugen zu durchkämmen gleicht einer Nadelsuche im Heuhaufen. Und im Polizeipräsidium herrscht ein Klima des Misstrauens: Der Polizeipräsident scheint aus Moskau gesteuert zu werden, und auch die alten Parteigenossen sind längst wieder da. Eines Nachts wird Adler auch noch von amerikanischen GIs entführt, die sich Informationen von ihm erhoffen. Wem kann Adler noch vertrauen? Wer wird ihm helfen, den brutalen Kindermörder zu stoppen?